KB114195

톱스타
이건우

톱스타 이건우 11

크레도 장편소설

초판 1쇄 찍은 날 § 2018년 6월 22일
초판 1쇄 펴낸 날 § 2018년 6월 29일

지은이 § 크레도
펴낸이 § 서경석

총괄팀장 § 최하나
편집책임 § 이선근

펴낸곳 § 도서출판 청어람
등록번호 § 제387-1999-000006호
등록일자 § 1999. 5. 31
어람번호 § 제1-2924호

주소 § 경기도 부천시 부일로 483번길 40 서경B/D 3F (우) 14640
전화 § 032-656-4452 팩스 § 032-656-4453
http://www.chungeoram.com
E-mail § chungeorambook@daum.net

ISBN 979-11-04-91772-1 04810
ISBN 979-11-04-91462-1 (세트)

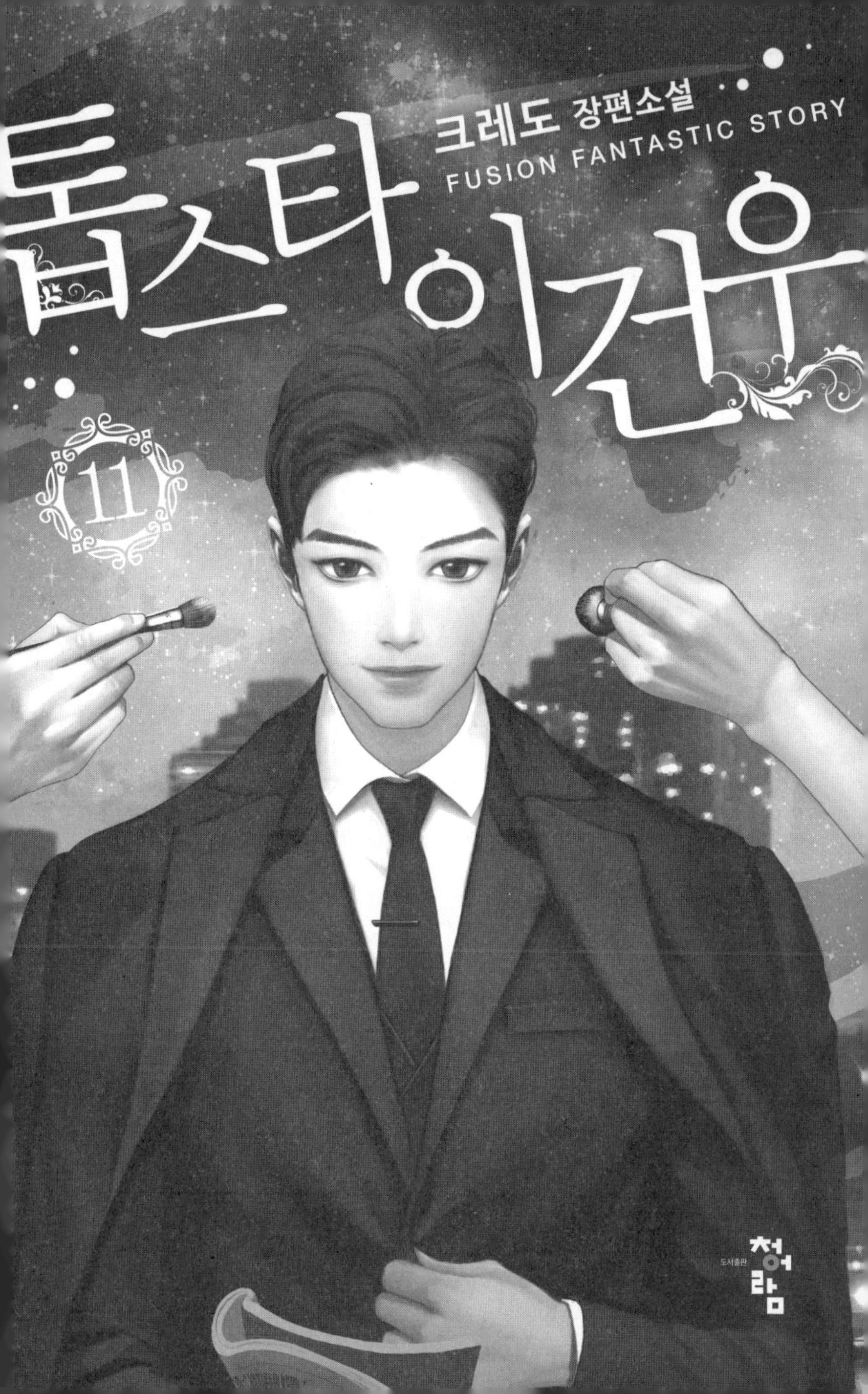
톱스타 이건우
크레도 장편소설
FUSION FANTASTIC STORY
11
도서출판 청어람

Contents

1. 전설의 시작   7

2. 존 리 페인   41

3. 할리우드 소식   85

4. 라이벌?   103

5. 끝없는 인기   147

6. 진우 화백과 테마파크   191

7. 따스한 방문   217

8. 존 리 페인 개봉!   255

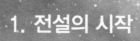

1. 전설의 시작

세부적인 촬영 일정이 정해졌고 촬영 날짜가 코앞까지 다가
왔다. 기존의 계획보다 더 규모가 커져 스케줄이 미뤄지기는
했지만 예상 범위 안이었다. 모든 준비가 순조롭게 진행되고
있었는데, 건우 역시 대단히 바빴다. 배역 연구, 영화음악, 그
리고 지속적인 훈련, 액션신까지 합하면 잠을 잘 시간이 별로
없을 정도였다.

　공식 스케줄이 정해졌다.

　본격적인 영화 촬영을 앞두고 대본 리딩 겸 전 스태프와 배
우들이 모이는 자리를 갖게 되었다. 장소는 유니크 스튜디오

에서였다. 긴 여정을 시작해야 했기에 이런 자리는 필수였다.

유니크 스튜디오로 출발하기 전까지 건우는 기타를 들고 있었다. 며칠 밤을 새우며 음악 작업에 매달리고 있었다.

영화음악에 대해서는 잭과 몇몇 자문의 도움을 받아 건우가 직접 모든 것을 주관하고 있었다. 물론 건우가 주관하는 것은 어디까지나 배경음악 쪽이었다. 우리가 일반적으로 OST라고 부르는 부분이다.

'존 리 페인'이 영화음악가로서 건우의 데뷔작이었다.

'대충 곡들을 생각해 보기는 했는데……'

기타를 잡고 여러 가지 악기의 조합을 머릿속에 생각하며 악보를 그렸다. 그 후 미디 오케스트레이션 작업을 진행해서 완성시켰다.

오케스트레이션이란 악기의 사용법, 조합에 관한 이론이다. 관현악법, 기악 편성법이라고도 한다. 한마디로 말하면 오케스트라의 작곡과 편곡이었다.

미디 오케스트레이션은 그렇게 작곡, 편곡한 곡을 미디로 작업해서 마치 실제 연주한 것처럼 들리게끔 하는 것이다. 물론 필요하다면 실제 연주로 녹음 작업도 이루어질 것이다.

보통 많은 사람들은 실제 연주를 했을 때의 강점을 웅장함으로 생각하곤 한다. 그러나 요즘은 미디 음악이 발전해서 오히려 실제 연주보다 더 웅장하게 만들 수 있었다. 그럼에도 불구하고 실제로 연주하여 녹음을 하는 이유는 따로 있었다.

바로 인간미가 느껴지는 음악을 만들기 위해서였다.

그것은 컴퓨터로는 할 수 없는 일이었다. 어찌 보면 그것이 일반 사람도 쓸 수 있는 감정의 힘일지도 모른다. 똑같은 악보로 똑같이 연주해도 실제 연주는 따듯한 무언가가 흘러나왔다.

그러한 이유로 실제 녹음을 하면 오히려 미디 작업보다 웅장한 면이 떨어지기도 하는데 실제 연주와 미디 연주를 적절히 섞는 것으로 예방할 수 있었다.

아무튼 건우가 하고 있는 모든 것이 그렇지만 특히 음악에 있어서는 더 이상 비교할 대상이 없었다. 석준조차 이제는 건우에게 가르칠 것이 없었다. 오히려 건우가 앞서 나가는 부분이 많았다.

'일단⋯ 잭에게 들려주고 의견을 구해봐야겠군.'

참고용 샘플일 뿐이었다. 영화 촬영 전이니 언제든지 버릴 준비가 되어 있었다.

이 음악은 건우만의 음악이 아니었다. 영화 장면에 잘 스며들고 배역의 감정이나 극의 흐름을 대변해 주어야만 했다. 때문에 건우는 상당히 신중하게 접근하고 있었다.

영화 촬영을 하면서 잭과 함께 지속적으로 모니터링을 하면서 만들어볼 생각이다. 영화음악은 보통 영화 편집이 끝나고 영상에 음악을 맞춰야 했다. 편집이 달라지면 음악을 다시 만들어야 한다. 그러나 예술이라는 것이 으레 그렇듯 반드시 정해진 순서가 있는 것은 아니었다.

건우는 배역의 중심에 있기에 영화의 흐름을 읽을 수 있었다. 미리 만들어놓고 연기를 상상해 보는 것도 나쁘지 않은 방법이었다. 음악이 감정에 미치는 영향을 아주 잘 알고 있기 때문이다.

'누가 이런 식으로 작업을 해봤을까?'

건우는 피식 웃었다.

스스로가 배우이면서 영화음악을 작곡하는 사람이 몇이나 될까? 건우는 자신이 그러하기에 더욱 좋은 음악과 좋은 연기가 나올 수 있을 것이라 확신했다.

'슬슬 일어나야겠군.'

유니크 스튜디오로 갈 시간이었다. 매니저가 집 앞에 도착했다는 연락이 오자 건우는 밖으로 나갔다. UAA에서 대여해 준 집은 예전보다 훨씬 좋았다. 할리우드의 중심이 아닌 조금 멀리 떨어진 곳에 있었는데, 한국의 별장보다 커서 흡사 궁전처럼 느껴지기도 했다. 실제로 상주하며 여러 가지를 관리해 주는 분들도 있었다.

건우는 이 집의 자연경관이 특히 마음에 들었다.

얼마 떨어지지 않은 곳에 호수도 있었고, 한국에서는 볼 수 없는 넓은 평야가 인상적이었다.

'진희도 이곳에 같이 있었으면 좋았을 텐데.'

건우가 훈련소에 갔을 때부터 마치 군대 간 애인을 기다리 듯 쓴 편지가 책상 위에 가득 놓여 있었다. 진희는 건우를 위 해서 참고 있었다. 건우는 진지하게 이번 영화가 끝나면 공개 연애를 할까 생각 중이다.

록이 자신의 여자 친구를 자랑하며 으스대는 것이 부러웠 다. 한국과 달리 할리우드는 연애에 대해서 상당히 개방적인 것 같았다.

'그건 좀 부럽네.'

실제로 건우도 할리우드에서 생활하다 보니 그렇게 느끼고 있었다.

물론 진희와의 만남을 공개하는 것이 큰 타격으로 다가올 수도 있었다. 그러나 건우는 명예, 돈, 인기보다 그녀가 훨씬 중요했다.

건우는 유니크 스튜디오로 향했다. 외지에 있다 보니 조금 시간이 걸렸는데, 차가 워낙 아늑하고 좋아 그리 길게 느껴지 지는 않았다. 영화 촬영이 있을 경우에는 트레일러가 달린 차 량을 이용할 계획이다. 할리우드 배우들이 많이 이용한다고 하는데, UAA가 물심양면으로 지원해 주고 있었다.

UAA도 이번 영화에 거는 기대가 무척이나 컸다. 영화가 성

공하기만 한다면 엄청난 수익을 벌어들일 수 있기 때문이다.

"건우 씨, 호수에는 가보셨습니까?"

"네, 물이 맑고 좋더군요."

"제가 어렸을 때 괴물이 산다는 이야기를 듣곤 했죠. 아, 물론 지어낸 이야기입니다. 워낙 물이 맑아서 동네 아이들이 깊은 줄 모르고 많이 들어갔거든요. 음, 아내와 거기서 데이트를 많이 했는데 건우 씨에게도 추천드립니다."

"그래요?"

"밤에 보는 호수는 정말 아름다워요. 하늘과 호수, 두 군데에 별이 뜬 것 같은 광경을 볼 수 있거든요. 도심에서는 보기 힘든 광경이죠. 건우 씨가 사시는 곳은 별을 보기 힘들죠?"

"서울은… 그렇죠."

건우는 고개를 끄덕였다.

전생 생각이 났다. 그녀와 같이 은하수를 올려다보던 그때가 떠올랐다. 가까운 시일 내에 그때의 그 광경을 재연해 보고 싶은 마음이 강해졌다.

매니저와 이런저런 이야기를 하다 보니 어느새 유니크 스튜디오에 도착해 있었다. 유니크 스튜디오 앞에 상주하는 기자들도 많았는데, 늘 따라다니는 자들이니 크게 신경 쓰지는 않았다.

유니크 스튜디오 안으로 들어가니 익숙한 얼굴들이 보였

다. '골든 시크릿' 때 함께한 스태프들이 있었다. 잭이 하차하면서 같이 나온 이들이었는데, 오스카 미술상을 탄 스톤 브러쉬도 보였다.

스톤 브러쉬는 스태프들과 이야기를 나누고 있다가 건우가 온 것을 확인하자마자 달려왔다.

"오오, 건우! 자네 왔는가! 나의 요정왕! 아, 아니지! 이제는 존 리 페인이라 불러야겠군!"

"안녕하세요? 오랜만이네요. 합류하셨다고 듣기는 했는데 여기서 뵙는 건 오늘 처음이네요."

"정말 오랜만일세. 무척이나 보고 싶었다네. 크흐! 홍보 영상을 보고 내 영혼이 마구 흔들렸어."

스톤 브러쉬는 잔뜩 흥분해 있었다. 그가 합류했다는 소식을 들었을 때 무척이나 든든하기는 했지만 안타깝기도 했다. 스톤 브러쉬는 누구보다도 '골든 시크릿' 시리즈를 좋아했다. 2부의 저조한 홍행 성적 이후 3부는 기존 배우들을 제외하고 전혀 다른 팀으로 새롭게 꾸며졌다.

대규모 중국 자본이 투자되었기에 그쪽 투자자의 요구가 강하게 반영된 모양이었다. 중국 배우들도 엘프의 배역으로 참여한다고 해서 큰 논란이 생기기도 했다. 아무튼 스톤 브러쉬는 계속 함께하고 싶어 했지만 어쩔 수 없이 하차할 수밖에 없었다.

그러던 중 잭의 제의를 받고 바로 달려온 것이다.

"이번 영화는 엘프가 나오지 않는데 괜찮으세요?"

"자네가 있지 않은가. 그거면 충분하네. 엘프보다 위대한 사람은 자네밖에 없어."

"하하……!"

"그리고 그랜드 마스터의 그림을 보며 많이 느꼈다네. 내가 접하지 못한 새로운 세계가 아직도 너무나 많다는 것을. 내 아집을 버려야 비로소 올라갈 수 있는 경지가 있다는 것을 깨달았네."

엘프밖에 모르는 스톤 브러쉬가 변한 이유는 바로 건우, 그리고 그랜드 마스터라 불리는 진우 화백 때문이었다. 스톤 브러쉬의 작품 세계는 건우를 만난 이후로 크게 달라졌다.

건우는 스톤 브러쉬를 바라보며 웃었다.

"같이 작업할 수 있어 기쁘네요."

"나도 자네가 써 내려가는 위대한 이야기에 도움이 될 수 있어 기쁘네."

건우는 스톤 브러쉬와 기쁘게 악수를 나눴다. 재능과 열정이 충만한 사람과 함께하는 일은 행복하고 즐거웠다. 건우는 스태프들과 일일이 인사를 나눴다. 건우를 보며 긴장한 스태프들도 건우가 친근하게 다가오자 감동 어린 눈으로 건우를 바라보았다.

무슨 선거 유세 현장처럼 악수 요청이 쇄도했다. 시간이 꽤 걸렸지만 건우는 거절하지 않고 모두와 악수를 했다.

'밝네.'

스태프들이 내뿜는 오오라는 밝았다. 건우의 눈에는 너무나 아름다워 보였다. 그들에게서 좋은 영화를 만들고 싶어 하는 의지가 느껴졌다. 잭이 데려오거나 뽑은 이들이니 분명 잘해낼 것이다.

'뭔가… 예감이 좋은걸?'

불안한 마음이 조금도 들지 않았다. 작품에 참여하면서 이런 느낌을 받은 것이 처음이다. '골든 시크릿' 때조차 이렇지 않았다.

"대장!"

"드디어 왔군!"

록과 반 스타뎀이 보였다. 건우가 도착했다는 말을 듣고 배우들과 함께 몰려왔다. 예전에는 파벌이 나눠져 있었다면 지금은 완전히 하나가 되어 있었다. 진짜 하나의 소대처럼 끈끈한 전우애를 갖게 된 것이다. 9주간의 지옥 훈련을 포함한 총 5개월간의 훈련을 같이했으니 친해지지 않는다면 그게 오히려 이상한 일이었다. 친하다는 개념을 넘어서 이제는 전우라 불러야 했다.

그들이 건우를 보자마자 경례했다. 건우는 피식 웃으면서 받아주었다.

록과 반 스타뎀 사이를 뚫고 데이비드가 다가왔다. 데이비드는 그동안 쓰지 않던 안경을 쓰고 있었는데 근육질임에도 불구하고 꽤 지적인 느낌을 줬다.

"대장님, 점심은 드셨습니까?"

"아니, 끝나고 먹으려고."

"이거 드시지요."

그가 건우에게 종이봉투 하나를 건넸다. 봉투를 열어보니 햄버거와 음료수, 그리고 도넛이 있었다.

"아, 고마워."

"더 좋은 걸 드셔야 하는데… 지금 당장 다른 걸로 사오는 게 낫겠군요."

"아, 아니야. 잘 먹을게."

건우는 뛰쳐나가려는 데이비드를 말렸다. 데이비드는 훈련소 이후 건우를 아주 예의 바르게 모시다시피 했다. 훈련소 때는 다 동기였지만 지금은 건우가 계급이 몇 단계나 높다는 이유에서였다. 군인 정신이 아주 깊게 박혀 버린 데이비드였다.

데이비드 정도면 충신이라 불러도 무방했다.

줄리아가 웃으며 다가왔다.

"아, 안녕하세요? 건우 씨, 오랜만이에요! 홍보 영상 정말 잘

봤어요. 저기… 그… 호, 혹시 오늘……."

"줄리아 씨, 실례하겠습니다. 대장님, 감독님께서 기다리고 계십니다. 가시지요. 안내해 드리겠습니다."

줄리아의 말을 데이비드가 잘랐다. 줄리아가 살짝 당황했다.

"아, 저기……."

줄리아가 따라붙었는데, 배우들이 건우의 주변을 둘러쌌다.

"조심하시는 것이 좋을 것 같습니다. 좋은 배우지만 꽤 많은 스캔들에 얽혀 있습니다."

"음……."

데이비드가 옆에서 조용한 목소리로 말해주었다.

건우에게 연인이 있다는 사실을 데이비드를 포함한 배우들이 알고 있었다. 누군지는 말해주지 않았지만 아마 알게 되면 진희마저도 극진히 모시지 않을까 싶다.

데이비드 옆에 있던 배우가 귓속말로 데이비드에게 무언가 말해주었다. 그 모습조차 각이 잡혀 있었다. 데이비드는 고개를 끄덕이고는 다시 건우를 바라보며 입을 떼었다.

"현재 이혼 소송 중이라고 합니다. 바람기가 원인이라는군요. 3개월 전에도 스캔들이 있었다고 합니다. 2급 위험인물로 지정함이 옳을 것 같습니다."

"작전이 끝날 때까지 특별 관리를 해야겠군."

"훌륭한 판단이야."

데이비드의 말에 건우 대신 록과 반 스타뎀이 고개를 끄덕이며 말했다. 그들의 표정은 꽤 진지해 보였다.

'음, 상태가 더 심각해졌군.'

네이비씰에서 먹은 물이 빠지지 않고 있었다. 하기야 5개월 동안 죽어라 훈련하고 군인과 같은 사고방식을 거의 세뇌받다시피 했으니 이해할 수 있는 부분이기는 했다.

'뭐, 괜찮겠지?'

건우는 충성심이 넘치는 배우들의 모습에 작게 한숨을 내쉬었다. 연기를 하는 데 좋은 영향을 끼칠 터이니 말리지는 않았다. 그리고 예전 자존심만 내세울 때보다는 훨씬 좋게 보였다.

유니크 스튜디오에 대본 리딩을 위한 커다란 공간이 마련되어 있었다. 유니크 스튜디오 자체는 그리 크지 않았지만 다른 지역에 세트장 하나를 가지고 있었다. 영화와는 별도로 투자를 받아 증축한 곳이라고 한다.

크리스틴 잭슨은 할리우드에서 대단히 영향력 있는 존재였다. 거대한 자본을 지닌 투자자들이 투자를 아끼지 않았다. 그런 면을 보았을 때 건우는 라인 브라더스가 잭을 내친 것이 이해가 되지 않았다.

"오! 건우!"

배우들 사이에서 진지한 표정으로 이야기를 나누고 있던 잭이 건우를 보자 양팔을 벌리며 환하게 웃었다. 며칠 전에도 봤지만 잭은 몇 달 만에 본 것처럼 건우와 인사를 나눴다.

건우에게 모두 시선이 쏠렸다. 배우들은 상당히 많았다. 대사가 한 줄이라도 있는 배우는 모두 자리에 있었기 때문이다. 단독 주연인 건우를 포함해서 조연, 단역까지 모두 자리해 있었다. 분명 약속 시간보다 일찍 왔지만 모두 건우보다 빨리 도착해 있었다.

배우들이 건우를 신기한 눈으로 바라보았다. 모두 인지도가 높지 않은 배우들이었다. 세계적인 스타인 건우가 신기하게 보이는 것은 어쩔 수 없었다.

'와, 사진 따위는 실물에 비교도 안 되네.'

'CG 같아.'

'사람 같지 않아.'

'건느님, 영롱하시다.'

배우들은 건우에게서 눈을 떼지 못했다. 이제는 인외의 경지에 완벽히 적응해 전성기를 맞이한 건우는 경외감마저 주고 있었다. 외모뿐만 아니라 분위기, 품격까지 너무나 완벽했다.

배우들은 건우가 거장 크리스틴 잭슨과 서슴없는 관계라는 이야기를 들었을 때 건우를 부러워했는데 지금은 크리스틴 잭슨이 부러웠다.

침묵이 깔렸다. 자유롭게 떠드는 분위기는 언제 그랬냐는 듯 사라지고 없었다. 건우가 들어온 순간부터 쥐 죽은 듯 조용해졌다.

잭은 갑작스러운 침묵을 이해하며 고개를 끄덕였다.

이건우라는 거대한 스타가 들어왔으니 당연한 일이었다. 배우들은 보자마자 이건우가 보통 배우가 아니라는 것을 여실히 느꼈을 것이다.

'지난 영화 촬영 때도 그랬지만 지금은 더하니……'

지금 그의 최대 고민은 어떻게 건우를 피폐하고 초라하게 만드는가 하는 것이었다. 죽인다고 죽는 비주얼이 아니기는 했지만 말이다. 왜인지 요정왕 분장보다 오래 걸릴 것 같은 예감이 들었다.

"여러분, 이건우 씨입니다. 환영해 주세요."

짝짝짝!

잭의 말에 배우들이 모두 박수를 치면서 환영해 주었다. 건우는 자리에 앉았다. 건우의 자리는 잭의 바로 옆이었다. 책상 위에는 이름표도 놓여 있었다. '존 리 페인 이건우'라고 쓰여 있었다.

잭과 주요 스태프 모두 자리했다. 상당히 많아서 큰 방이 좁게 느껴질 정도였다.

배우들이 모두 자리했다. 록과 반 스타뎀은 대본 리딩이 시작되기 전부터 약간 긴장한 듯 보였다. 이런 비중을 가진 것도 그렇고 많은 대사가 있는 대본 리딩은 처음이었기 때문이다.

잭이 자리에서 일어났다.

건우는 진지한 표정의 잭을 보고 새삼 놀랐다. 놀란 것은 그의 표정 때문이 아니었다. 그의 존재감이 예전과는 비교할 수 없을 정도로 커졌기 때문이다. 잭은 찬란한 황금빛 오라를 두르고 있었다. 성장한 것은 자신뿐만이 아니었다. 잭은 이미 개화되어 열매를 맺은 거대한 나무였다.

"존 리 페인'의 제작, 연출을 맞은 크리스틴 잭슨입니다. 그냥 한마디로 제가 총책임자입니다."

짝짝짝!

잭이 자신감 넘치는 목소리로 자신을 소개하자 배우들이 박수를 쳤다. 잭은 미소를 지으며 말을 이어갔다.

"드디어 우리의 위대한 여정에 첫발을 내딛게 되었습니다. '존 리 페인'의 기획은 우연치 않게 찾아왔습니다. 우리 유니크 스튜디오의 막내 존 리더가 저를 도와 거의 모든 것을 완성시켰습니다."

잭이 리더 쪽을 바라보자 배우들이 리더에게 시선을 두었다. 리더는 쑥스러워하는 표정으로 시선을 살짝 피했다.

"하하! 저렇게 소심해 보여도 할 때는 하는 친구입니다. 존 리 페인이라는 이름이 어떻게 지어졌는지 아십니까? 저 친구가 무려 자신의 이름을 따서 존을 넣고 우리 이건우 씨의 성을 넣었습니다. 그래서 존 리이지요. 아, 페인은 제가 붙였습니다."

건우도 처음 듣는 이야기였다. '존 리 페인'은 분명 잭이 기획한 것이지만 리더의 도움이 막대했다. 리더의 아이디어나 그가 만든 영상이 잭에게 많은 영감을 주었다.

건우는 여전히 소심한 표정을 짓고 있는 리더를 바라보며 피식 웃었다. 리더는 건우와 눈이 마주치자 살짝 손을 들고 웃어 보였다.

"이건우 씨가 어느 날 뜬금없이 소개시켜 준 덕분에 시작된 인연입니다. 그 작은 인연이 이어져 이런 자리가 만들어진 것이지요. 여기에 모인 모든 분과도 이제 인연이 생겼습니다. 아직은 인연의 끈이 약할 수도 있지만 앞으로 서로 결속하고 단단히 뭉칠 수 있다고 저는 믿습니다."

잭의 자신감 넘치는 말이 배우들에게 와 닿았다.

"마지막으로 이건우 씨의 말을 빌려서 선언하겠습니다. 우리의 인연은 결코 작은 성과에 그치지 않을 것입니다. 우리는 곧 전설이 될 겁니다. 감사합니다."

"오오!"

"멋지네요!"

할리우드의 거장이 괜히 된 것이 아니었다.

꽤 그럴듯한 연설이었다.

대본 리딩 전에 간단히 자신을 소개하는 자리가 이어졌다. 건우부터 시작해서 단역들 하나하나까지 모두 소개를 마쳤다. 건우는 모두의 이름을 기억해 두었다.

잭과 '골든 시크릿' 때 만나 여기까지 온 것처럼 여기서 누군가는 자신과 긴 인연을 이어갈 것이다.

드디어 대본 리딩에 들어갔다.

긴장감이 감돌았다. 푸근한 미소를 달고 살던 잭마저 진지한 표정으로 대본을 바라보았다. 분위기는 상당히 날카롭고 무거웠다. '골든 시크릿' 때와 비교해 봐도 대단히 진중했다.

'연기를 보는 건 처음이군.'

배우들의 연기를 직접 보는 건 처음이다. 건우는 늘 그렇듯 최선을 다해 연기할 생각이다. 자신의 연기에 짓눌리는 배우들도 있겠지만 그런 것을 봐줄 생각이 전혀 없었다. 따라오지 못한다면 여기서 그만두게 해버릴 생각이다.

건우는 빠르게 몰입하기 시작했다. 건우가 연구한 존 리 페인이 건우의 몸을 빌려 깨어났다.

건우의 표정과 눈빛이 달라졌다. 차가운 비웃음이 걸려 있는 표정이었다. 그 눈빛에는 강한 분노와 광기가 꿈틀거리고 있었다. 차가운 살기마저 조금씩 감돌고 있어 옆에 있던 록과 반 스타뎀이 침을 꿀꺽 삼켰다.

단지 건우가 연기에 몰두한 것만으로도 분위기가 바뀜을 눈치챈 배우들은 소름이 끼치는 것을 느꼈다.

배우들이 침을 꿀꺽 삼키며 연기를 시작했다. 단역배우는 커다란 압박감을 느꼈다. 손이 덜덜 떨렸다. 마치 연기에 실수라도 하면 이건우가 총이라도 꺼내 자신의 머리에 총알을 쏴서 박아버릴 것 같이 느껴졌다.

건우가 대본을 보고 있었기에 망정이지 자신을 바라보았으면 대사를 말할 엄두도 내지 못했을 것이다.

"으, 으아아악!"

단역배우의 비명 소리는 생동감이 넘쳤다. 진짜 겁에 질려 있는 목소리였다. 단역배우가 헐레벌떡 뛰어가며 문을 여는 장면이었다. 겁에 질린 표정을 연기해야 했는데, 지금 딱 보기 좋았다. 진짜 오줌이라도 지릴 것 같은 표정이었다. 그저 대본 리딩임에도 턱을 덜덜 떨고 있었다. 반쯤은 연기지만 나머지 반은 연기가 아닌 것처럼 보였다.

우아하게 클래식 음악을 즐기고 있던 갱단의 보스가 인상을 쓰는 장면이 이어져야 했다. 중견배우는 침착하게 연기하며 대사를 이어갔다.

"이런 시부랄! 무슨 일이야!"

중견배우가 그렇게 말하자 단역배우가 턱을 덜덜 떨었다.

"오, 오, 옵니다! 오고, 오고 있어요!"

"뭐?"

"조, 조, 존 리 페인……."

"허억!"

중견배우의 찡그려진 얼굴이 서서히 새파랗게 질려가기 시작했다. 건우의 살기가 그에게까지 퍼져 나갔다. 중견배우는 온몸에 소름이 돋았다. 대본 리딩임에도 불구하고 머리카락이 쭈뼛 섰다. 건우 쪽을 힐끔 쳐다보았는데, 건우는 여전히 대본을 바라보면서 가만히 있었다.

"바, 밖에 몇 명이나 있는지 알아? 30명이라고, 30명! 중무장한 부하가 30명이야! 무슨 말 같지도……."

"비탈리 샤콘느 G단조……."

건우의 차가운 말에 중견배우가 굳어버렸다.

중견배우는 저절로 상상이 되었다. 마치 눈앞에 대본 속 장면이 펼쳐져 있는 것 같았다. 나무문을 열자 끼익 소리와 함께 누군가 들어왔다. 검은 정장을 입은 사내였다. 와이셔츠에 묻은 붉은 피가 마치 넥타이처럼 보였다. 그 모든 장면이 눈앞에 그려지고 있었다.

"정말 멋진 노래야."

비웃음을 머금은 목소리였다. 깜빡이는 전등 사이로 자신에게 다가오는 남자는 바라보는 것만으로도 고통 그 자체였다.

"와인?"

존 리 페인이 테이블에 놓여 있는 비싼 와인을 들고 바로 앞까지 걸어왔다. 테이블에 와인병을 올려놓고 손에 들고 있는 맥주 캔을 바라보다가 한 모금 마신 뒤 와인병 옆에 올려놓았다.

"맥주?"

"매, 매, 맥주로……."

존 리 페인이 고개를 끄덕이고 맥주 캔을 잡았다. 그리고 그대로 갱단 보스의 눈에 쑤셔 넣었다.

"으억!"

그 후의 일은 간단한 지문으로만 나와 있었지만 중견배우는 혼신의 연기를 선보였다. 정신을 차리고 보니 자신이 어떻게 연기를 한 것인지 모를 정도로 혼이 나가 있었다. 중견배우는 식은땀을 닦으며 고개를 들었다.

잭이 엄지를 치켜들고 있었다. 잭의 옆에 있는 건우는 여전히 환영 속에 나타난 존 리 페인 그 자체였다.

덜덜!

너무 무서워서 아직까지도 턱이 절로 덜덜 떨렸다.

'뭐였지?'

난생처음 느껴보는 환상과도 같은 경험이었다. 연극판과 영화판을 오가며 내공을 다진 중견배우는 간신히 떨리는 몸을 진정시켰다. 건우가 저기 앉아 있다는 것만으로도 숨이 턱턱 막혀왔다. 존 리 페인에게 처참하게 죽기 직전의 그 감정 상태였다.

"후우……"

건우와 연기를 펼치는 다른 배우들도 자신과 달라 보이지 않았다. 실수를 하지 않은 자신이 대견스러웠다.

'괜히 슈퍼스타가 아니야. 아니… 그 이상이야. 이건우… 이건우……. 대단해.'

중견배우는 몸을 떨었다. 연기를 보며 경외감을 느낀 것은 이번이 처음이었다.

대본 리딩은 이제 막 시작이었다. 이제 도입부가 끝난 것에 지나지 않았다. 자신의 대사가 더 이상 없다는 게 다행으로 느껴졌다.

*　　　　*　　　　*

대본 리딩은 생각보다 빠르게 끝났다. 웃음기 없이 진행된 대본 리딩은 쉬는 시간조차 없이 계속 이어졌다. 배우들은 대본 리딩이 끝나고 나서야 겨우 안도의 한숨을 내쉴 수 있었는데, 바로 건우 때문이었다.

압도적인 존재감을 내뿜으며 연기를 하고 있어 배우들은 연기를 따라가기에도 바빴다. 조금이라도 실수를 하면 정말 건우가 자신을 죽일 것 같아서 최선을 다해야만 했다. 결론적으로 말하면 자신들의 연기력 그 이상이 뿜어져 나왔다. 물론 건우에게는 그런 생각은 전혀 없었고 단지 배역에 몰입한 결과에 불과했다.

건우는 존 리 페인에 푹 빠져 있었다. 단순히 대본을 보고 연기하는 것이 아니라 사소한 습관에서부터 성격까지 모두 존 리 페인이 되었다. 때문에 상당 부분 애드리브가 나왔지만 잭은 그것에 더 만족하며 즉석에서 대본을 바꾸었다. 크리스틴 잭슨이라는 명감독은 본래 애드리브나 돌발 행동을 허가하지 않는 편이었지만 건우에게만큼은 예외였다.

건우를 보고 있으면 살아 숨 쉬는 연기가 무엇인지 느낄 수 있었기 때문이다.

건우는 자신이 대본을 보고 연기를 한 것인지, 아니면 애드리브를 한 것인지 모호할 정도로 집중하고 몰입했다.

짝짝짝!

대본 리딩이 끝나자 잭이 흡족한 표정으로 박수를 쳤다. 그제야 배우들은 대본 리딩이 끝난 것을 알 수 있었다. 그러나 쉽사리 움직일 수 없었다. 아직도 건우가 집중하고 있었기 때문이다.

건우는 대본 리딩이 끝났지만 몰입에서 빠져나오지 않았다.

무언가 잡힐 것 같은 느낌이 들었기 때문이다. 그건 연기가 아니라 음악 쪽이었다. 여태까지 만든 샘플은 만족스럽지 않았는데, 연기를 하면서 존 리 페인이라는 인물과 완전히 하나가 되니 여러 가지 영감이 머릿속을 떠다녔다.

건우가 진지한 표정으로 그 자리에 계속 앉아 있자 모두 침묵을 지켰다. 누가 시키지도 않았는데 모두 그러고 있었다.

잭이 그런 분위기를 감지하고 건우를 바라보았다.

"건우, 무슨 문제라도 있어?"

"아⋯⋯."

건우는 잭의 말이 들리자 몰입에서 깨어났다. 건우가 존 리 페인에서 평소의 건우로 돌아오자 배우들은 막혔던 숨을 겨우 내쉬었다. 기선 제압 같은 걸 할 생각은 없었으나 모두 건우에게 압도당해 그 어떤 반발도 할 수 없었다.

건우는 자리에서 일어나며 배우들을 바라보았다.

"모두 고생 많으셨습니다."

건우가 웃으며 말을 건네자 분위기가 확 풀렸다. 배우들은 편안한 분위기로 돌아온 건우를 보며 다시 한번 소름이 끼치는 것을 느꼈다.

건우를 옆에서 계속 봐온 록과 반 스타뎀을 포함한 배우들조차 그러했다. 평상시의 모습과 연기를 할 때의 모습이 너무나도 달랐기 때문이다. 이중인격자가 아닌지 의심이 들 지경이었다.

건우는 그런 배우들을 신경 쓰지 못했다. 다시 생각에 빠졌기 때문이다.

'음, 녹음해 두고 싶은데.'

떠오른 것들을 기억하고 있어 잊을 염려는 없었지만 지금 다가온 영감은 기억이라는 차원에서 해결할 수 있는 것이 아니었다. 언제 사라질지 몰랐다. 존 리 페인으로의 몰입이 옅어질수록 희미해지는 느낌이었다. 그렇다고 해서 계속 배역에 몰입해 있을 수는 없는 노릇이었다.

공식적인 행사는 이제 끝이었다. 자리를 뜬다고 하더라도 예의에 어긋나지 않았다.

"잭, 혹시 악기 있나요?"

"악기? 갑자기 왜?"

"대본 리딩을 하다 보니 뭔가 떠올라서요."

잭은 건우와 영화음악에 대해서도 많은 이야기를 나눴고 많은 가르침을 주었다. 잭은 본능적으로 지금 무언가 탄생하려 한다는 것을 느꼈다.

"기타는 얼마 전에 망가졌고, 피아노가 있어."

"잠깐 쳐봐도 되죠?"

"물론! 잠깐만!"

잭은 배우들에게 공식 스케줄이 끝났음을 알리고 피아노

가 있는 곳까지 건우를 안내해 주었다. 간단한 친목회를 가질 예정이었지만 지금은 그런 것보다는 영화의 일이 더 중요했다. 잭은 괜히 가슴이 두근거렸다. 음악 작업을 하는 모습을 본 적이 없었기 때문에 더욱 그러했다.

피아노는 유니크 스튜디오 사무실 옆 휴식 공간에 있었다. 잭의 아내가 가져다 놓은 것이다. 그리 좋은 피아노는 아니었지만 클래식한 외관이 건우의 마음에 들었다.

건우는 스마트폰 녹음 버튼을 누르고 피아노 옆에 놓았다. 악보를 그리면서 하는 것이 본래 건우의 스타일이었지만 지금은 그냥 느낌이 가는 대로 치고 싶었다.

잭이 의자를 가지고 와서 조금 떨어진 곳에 앉았다. 호기심을 느낀 배우와 스태프들도 몰려왔다.

록과 반 스타뎀은 피아노에 앉은 건우를 새삼스럽게 바라보았다.

"그러고 보니 대장은 가수였지?"

"세계 최고의 기록을 가진 뮤지션이지. 그동안 잊고 있었군."

록의 말에 반 스타뎀이 어깨를 으쓱하며 말했다.

록은 건우를 형님이라 부르기보다는 이제 대장으로 부르고 있었다. 건우와 같이 훈련소를 다녀온 모든 배우들이 그러했다.

건우는 피아노 건반 위에 손을 올렸다. 처음 떠오른 것을 쳐보았다. 존 리 페인이 검은 정장을 입고 봉인되어 있는 총기를 꺼내는 장면이었다. 그때 느낀 존 리 페인의 감정이 손끝에서부터 흘러나왔다.

처음에는 슬픈 선율이었다. 잔잔한 클래식 분위기의 선율은 가슴을 후벼 파는 듯한 슬픔을 느끼게 해주었다. 피아노 하나만 연주하는 것임에도 기이하게 마치 다른 소리가 섞인 것처럼 너무나 풍성하게 들렸다.

감수성이 풍부한 배우들의 눈가에 눈물이 맺혔다. 건우가 만들어낸 선율이 그들의 감정을 어루만지고 있었다. 그리고 선율은 이내 비수처럼 변해갔다.

"음?!"

"어, 어?"

슬픔이 더 커져가고 있었는데 갑자기 그런 느낌이 사라졌다. 저릿함과 함께 마치 가슴이 고장 난 것 같은 공허함이 밀려왔다. 최초에 그곳에는 슬픔이 있었지만, 슬픔이 모든 것을 먹어치워 공허함만이 남게 되었다.

아무것도 없었다. 그게 두려웠다.

지금 느끼고 있는 감정이 사라질 것 같은, 그런 무서움마저 느끼게 하는 연주였다. 분명 화려한 기교가 있는 것은 아니었다. 그러나 건우가 건반 하나하나를 누를 때마다 나오는 공허함이 배우들로 하여금 절로 신음을 흘리게 만들었다.

건우의 연주는 계속 이어졌다. 3분가량 이어진 연주가 드디어 본색을 드러냈다.

눈을 감고 건반을 누르는 건우에게서 광기가 느껴지기 시작했다. 공허함의 끝에는 광기와 분노만이 가득했다. 단지 피아노 연주를 듣는 것임에도 그것이 모두에게 느껴졌다.

점점 더 진해지고 강해지는 소리는 마치 총소리처럼 들렸다. 원수들의 몸에 쑤셔 박히는 총알의 비명이었다.

건우가 건반을 누를 때마다 존 리 페인의 총에 맞아 죽기로 되어 있는 배우들이 몸을 움찔했다. 대본 리딩 때의 환상이 되살아나고 있었다.

"허억!"

"흐읏!"

연주에 담긴 분노와 광기의 파도가 저 멀리서 밀려들어 왔다. 온몸에서 전율이 일었다. 천천히, 아주 느리게 다가왔지만 온몸을 옭아매어 가는 것이다. 해가 지고 다가오는 어둠처럼 모든 것이 서서히 까맣게 변하는 순간 연주가 뚝 끊겼다.

목을 졸라오는 두려움도 순식간에 사라졌다. 진득한 잔향이 남아 있지만 연주는 더 이상 이어지지 않았다. 모두 멍한 표정으로 건우를 바라보았다.

건우는 긴 숨을 내쉬며 건반 위에서 손을 뗐다.

'음, 괜찮은 것 같은데.'

건우는 존 리 페인의 복수를 하러 가기까지의 감정 변화를 표현해 보았다. 오랜만에 제법 잘 나온 것 같았다. 이걸 바탕으로 작곡을 한다면 상당히 좋은 영화음악이 될 것이다.

'역시 촬영하면서 틈틈이 만들어봐야겠어.'

건우는 그런 생각을 마치고 피아노 의자에서 몸을 일으켰다. 뒤를 돌아보니 많은 배우와 스태프들이 똑같은 표정으로 건우를 바라보고 있었다.

건우는 무슨 말이라도 해야 할 것 같아 입을 떼었다.

"음, 감사합니다."

"와아!"

"오, 오오!"

짝짝짝!

무슨 콘서트라도 한 것처럼 환호와 박수가 쏟아졌다. 완성된 곡도 아니고 즉석에서 만든, 부족한 곡을 선보였다는 생각에 조금 쑥스럽기는 했다.

"건우!"

잭이 잔뜩 흥분한 표정으로 건우를 불렀다.

"이거 우리 영화음악이지? 맞지?"

"네. 일단 그냥 만들어본 건데……."

"즉석에서 이런 곡을 바로 만들다니! 내가 여러 영화음악가와 작업을 해봤지만 이런 건……."

잭의 눈빛에는 황홀함이 감돌고 있었다. 건우가 방금 만든 곡을 아주 마음에 들어하고 있었다.

"이 음악에 맞는 추가 장면을 짜야겠어. 그리고 각본을 조금 변경해서… 아, 아무튼 이 곡, 다른 곳에 넘기면 안 돼! 영화에 반드시 넣을 거니까!"

"네, 물론이죠."

"크흐! 좋아! 처음부터 술술 풀리는군!"

이렇게 만족하는 잭을 보는 것은 대단히 오랜만이었다. 대본 리딩 때도, 액션을 선보였을 때도 이 정도는 아니었다. 건우는 자신의 음악이 잭에게 큰 영향을 준다는 것이 즐거웠다. 잭의 연출과 자신의 음악이 합쳐졌을 때 나오는 시너지가 벌써부터 보이는 듯했다.

그래, 그것은 기적이라 불러도 무방할 시너지를 일으킬 것이 분명했다.

옆을 보니 리더 역시 잔뜩 흥분해 있었다. 무언가 노트에 쓰고 있었는데, 영화에 관련된 내용 같았다.

스마트폰으로 어설프게 녹음한 곡을 잭에게 보내주었다. 그리고 건우가 작업한 다른 곡의 샘플도 같이 보내주었다.

잭은 무언가 생각난 듯 다시 건우를 바라보았다.

"아! 이 곡, 제목은 지었어?"

"아니요. 음, 괜찮다면 잭이 지어줄래요?"

"오, 내가? 그래도 되나?"

잭의 눈이 동그랗게 떠졌다. 설레발일지는 모르지만 만약에 천재지변이 일어나 영화가 실패하더라도 이 곡은 확실하게 뜰 것임을 확신했다. 뜨는 것을 떠나 엄청 유명해질 것이다. 그만큼 그의 마음에 드는 곡이었다. 자신이 만드는 영화를 위해 쓰일 것을 상상하는 것만으로도 대단히 기뻤다.

잭은 고민하기 시작했다.

그런 잭 옆에 록과 반 스타뎀이 위치해 있었다.

"몰살?"

"어둠의 절망?"

둘은 본인이 생각한 제목을 말했다. 그러자 리더와 데이비드, 그리고 몇몇 배우들이 떠오르는 제목을 말했다.

'파괴 속 쾌감', '끓어오르는 피', '허무한 복수' 등 다양한 의견이 나왔다.

하나같이 모두 잭의 마음에 들지 않는 것뿐이었다.

"으음……."

잭이 깊은 고민에 빠졌다. 그 어느 때보다도 진지해 보였다. 그렇게 잭은 조금 긴 시간 동안 고민에 빠져 있었다. 그러다가 고개를 번쩍 들었다.

"John Lee Payne is coming!"

'존 리 페인이 오고 있다'라는 단순한 뜻이었다. 악당들 입장에서는 그것만큼 두렵고 살벌한 말이 없을 것이다. 잭의 말에 모두 괜찮다는 반응이었다. 건우도 마음에 들었다.

잭의 주도하에 가벼운 친목회가 열렸다. 모든 배우와 스태프들이 모이는 자리는 영화 촬영을 하면서도 분명 많지 않을 것이다. 친목회이기는 하지만 영화가 잘되라는 의미에서 갖는 자리이기도 했다.

건우는 배우들과 두루두루 친분을 다져 나갔다. 어느 나라든, 어느 문화권이든 인맥은 중요했다.

"건우, 한 곡 청해도 될까?"

잭이 배우들에게 싸여 있는 건우를 구해주었다. 물론 공짜는 아니었다. 잭의 말에 모두 환호성을 내질렀다. 건우의 콘서트 티켓은 부르는 게 값이었다. 바로 코앞에서 라이브를 보는 것은 일생일대의 행운이었다.

"알겠습니다. 영화가 잘되라는 의미에서 한 곡 하겠습니다."

건우는 흔쾌히 승낙했다. 배우들의 계속되는 질문 공세에 시달리는 것보다 노래를 한 곡 부르고 슬쩍 빠져나가는 것이 나았다. 다시 피아노 앞에 앉았다. 마이크가 없었지만 상관없었다.

'이제 시작이네.'

미국에 온 지 반년 가까이 지났지만 이제 준비 단계를 마치고 촬영을 앞두고 있었다. 정말 이제 시작이었다. 건우는 설렘, 그리고 기쁨을 담아 즐겁게 연주하고 노래를 불렀다.

드디어 자신의 단독 주연 영화 '존 리 페인'의 크랭크인이 다가왔음을 실감할 수 있었다.

2. 존 리 페인

대본 리딩이 있은 후 좋은 소식이 있었다.

건우는 그래미 어워드에서 주요 상을 모두 휩쓸었다. 2년 연속으로 그래미상을 제패한 것이다. 만장일치로 정해졌는데, 평론가들은 건우의 1집 앨범을 역사상 가장 위대한 앨범 중 하나에 놓기를 주저하지 않았다. '존 리 페인'의 스태프와 배우들이 와서 축하해 주었고, 잭 또한 그 자신이 상을 받은 것처럼 기뻐해 주었다.

영화 촬영의 시작을 좋은 소식과 함께할 수 있어 기뻤다. '골든 시크릿' 촬영에 합류했을 때와 비슷한 상황이었다.

드디어 기다리던 '존 리 페인'의 촬영 날짜가 찾아왔다.

영화 내용에 대해서 언론에 공개한 것은 거의 없었지만 언론에서는 벌써 이건우 단독 주연의 '존 리 페인'을 최고의 기대작으로 꼽고 있었다.

어찌 보면 언론의 지나친 설레발일 수도 있었다. 그러나 건우는 아카데미상을 탄 배우였고, 그 어떤 상도 그를 칭송하기에 부족함이 있다는 평가를 받고 있었다. 오직 건우만이 보여 줄 수 있는 신들린 연기는 역사상 가장 뛰어난 배우라는 평론가들의 칭찬을 이끌어낼 정도였으니 말이다. 게다가 건우가 지금까지 단 한 번도 실패를 보여준 적이 없어서 더욱 그러했다.

아쉬운 말이지만 할리우드의 거장인 크리스틴 잭슨 감독이 제작, 연출을 맡았기 때문에 주목받는 것은 아니었다. 모든 것은 건우 때문이었다. 미 해군 홍보 영상도 한몫했다.

할리우드의 촬영 일정은 대단히 규칙적인 편이었다. 물론 새벽 촬영이 있는 날도 있었지만 촬영 시간을 준수하려고 노력했다. 그러나 그것은 비중 있는 배우들에 한해서였고, 비중이 크지 않은 배우들은 대기 시간이 무척이나 길었다. 그래도 한국보다 나은 점이 있다면 그들의 출연료는 법적으로 일정 이상 받도록 규정되어 있다는 점이다.

할리우드는 많은 비판을 받고 있지만, 그래도 이러한 시스

템은 다른 나라에서도 본받을 만했다.

건우는 첫 촬영이 있는 장소로 향했다. 스튜디오뿐만 아니라 다양한 장소에서 야외 촬영이 계획되어 있었는데 가장 스케일이 큰 장면은 뉴욕의 거리를 배경으로 찍는 장면이었다. 뉴욕시에서 협조를 해준다는 이야기를 들었을 때 조금 신기하기는 했다.

'이런 데는 처음 와보는군. 조금 음산한데?'

그야말로 외지였다. 뉴질랜드에서 광활한 자연경관을 경험한 적이 있지만 미국에서 이렇게 외진 곳은 처음 와보았다. 임시로 세워놓은 '통제구역'이라는 팻말이 없었다면 이곳이 영화 촬영지인지, 아니면 그냥 숲과 풀이 우거진 외지인지 모를 정도였다.

액션 영화보다는 호러 영화에 어울릴 법했다. 마침 안개도 끼어 있었다. 당장 괴물이나 귀신이 튀어나와도 이상하지 않은 광경이었다.

건우의 관심을 끄는 것은 따로 있었다.

'기운이 강한 곳이네.'

사방에서 몰려오는 기운이 서로 부딪치며 소용돌이를 형성하고 있었다. 기감이 좋은 사람에게는 신체에 영향이 있을지도 몰랐다. 해가 될 정도는 아니었으니 신경을 쓸 필요는 없었다. 오히려 영감에 자극을 주어서 창의성이 필요한 분야에 도움이 될 것이다.

이정표를 따라서 이동하자 전혀 다른 장소가 나왔다.

'아예 새로 지었나 본데.'

존 리 페인이 살고 있는 집을 새롭게 지었다는 말을 들었는데, 실제로 보니 집뿐만 아니라 여러 세트장을 지어놓은 것이 보였다. 공동묘지는 꽤 음산해 보였다.

'골든 시크릿' 때 본 뉴질랜드의 세트장에 비할 수 없는 규모라 크게 놀랍지는 않았다.

스태프들이 분주하게 움직이는 모습이 보였다. 그런 활기 넘치는 풍경이 보기 좋았다.

잭 쪽을 바라보았다.

잭은 분주하게 지시를 내리고 있었는데, 리더도 잭의 지시에 따라 계속 뛰어다니고 있는 것이 보였다. 배우들은 모여서 촬영이 시작되길 기다리고 있었다. 배우들의 표정은 긴장으로 가득 차 있었다. 약간 겁먹은 듯한 표정을 짓고 있는 이들도 있었다.

그 모습에 건우는 살짝 고개를 갸웃했다.

"이건우 씨 오셨습니다!"

스태프 중 하나가 건우의 차량을 보고 소리쳤다. 건우가 차량에서 내리자 모든 배우와 스태프들의 시선이 건우에게 꽂혔다.

그 시선에는 모두 호감이 가득했다. 건우는 스태프와 배우들의 시선을 느끼는 것만으로도 오늘 촬영이 아주 잘될 것임을 직감했다.

'일찍 온다고 왔는데……'

20분 정도 일찍 도착했는데 이미 현장은 준비가 거의 마무리되고 있었다. 건우의 스케줄 표는 다른 배우들과는 달랐다. 여러모로 단독 주연인 건우를 배려해 주고 있는 것이다.

"건우!"

"리더, 좋은 아침이야. 오, 멋진데?"

건우는 리더의 모습을 보며 말했다. 꽤 중요한 스태프 같은 차림이었다. 그가 입고 있는 재킷에는 존 리 페인 스태프라는 글귀와 함께 직함도 적혀 있었다.

'아주 중요한 감독 보조'

그것이 잭이 리더에게 준 특별한 직함이었다. 다른 곳에는 없는 직함이 분명했다. 건우가 직함이 적힌 글귀를 바라보고 있자 리더는 쑥스러운 듯 웃었다.

"이, 이거 말이지? 감독님이… 억지로 붙였어."

"아주 중요한 인물이로구만. 대단해."

"하, 하하! 아, 빨리 분장 받아야 해. 따라와 줘."

"아주 중요한 인물이 이런 것도 하는 거야?"

"하아, 제발 그만해 줘."

건우는 리더의 힘없는 말에 피식 웃었다.

리더는 정신이 없어 보였다. 현장을 분주하게 돌아다니게 하면서 이런저런 경험을 많이 시키려는 잭의 의도가 보였다. 스태프들은 모두 잭이 뽑아서 그런지 성실하고 착했는데, 그럼에도 메이저 영화판의 초짜인 리더를 은연중에 무시할 수가 있었다.

잭이 리더에게 저런 직함을 만들어준 것은 스태프들에게 리더를 절대 무시하지 말라고 공개적으로 말하고 있는 것이었다. 아무튼 여전히 소심해 보이는 표정이지만 그래도 일에 있어서는 냉정한 모습을 보이니 믿음직했다.

그가 얼마나 노력하고 있는지 알 수 있었으니 말이다.

"잭은 역시 바빠 보이네."

"아, 소방 당국이랑 이야기 좀 하느라……. 인근 주민들에게 안전 대비 지침도 전해야 하고 챙길 게 많아. 소방차가 들어서려면 길도 확장해야 하고……."

"오늘 처음 보는 내 집인데, 조만간 폭발한다니 참 아쉽군. 존 리 페인은 정말 기구한 인생이구만."

건우는 고개를 돌려 꽤 아늑한 집을 바라보았다. 2층 집이었고 마당도 있었다. 마당 앞에 스태프가 연출용 차량을 가져다 놓고 있었다. 누군가 살기 위해 만들어진 집이 아닌, 촬영이 끝나고 폭발시킬 목적으로 만든 집이었다. 보이는 곳만 그럴싸하게 만들었는데, 방이나 지하실 같은 경우는 따로 조금 떨어진 곳에 세트장을 만들어놓았다.

"생각보다 야외 세트장이 큰데? 이 정도라면 돈이 엄청 들어갔을 것 같은데……."

건우는 야외 세트장을 바라보면서 말했다. 투자를 받기는 했지만 할리우드 대작 영화만큼 받은 것은 아니었다. 오히려 투자보다는 제작비 확충을 위해 잭 스스로 끌어 모은 돈이 꽤 되었다. 영화 제작을 할 때 들어오는 간섭을 최소화하기 위해서였다. 이 정도 규모라면 적지 않은 제작비가 들어간 것 같았다.

"생각보다 그렇게 많이 들지는 않았어."

"응?"

"여기가 그 '데드 존'의 촬영지였거든. 기존의 것을 리모델링하고 몇몇 건물을 추가한 정도야. 저기 공동묘지는 거의 그대로 쓰여."

"데드 존?"

리더가 '데드 존'이라는 영화에 대해 말해주었다. '데드 존'은 그렇게 흥행한 영화는 아니었다. 다만 촬영 중간중간에 예기치 않은 사건 사고가 일어난 것으로 유명한 영화였다. 배우들이 귀신을 보았느니 뭐니 하는 그런 말들에 휩싸여 덩달아 영화도 꽤 유명해졌다. 영화 촬영 후 3년 정도는 버려진 세트장으로 남아 있었는데, 시설들은 온전히 남아 있어 덕분에 아주 저렴하게 야외 세트장을 세울 수 있었다고 한다.

그랬기 때문인지 세트장에는 귀신이 나온다는 소문이 나돌고 있었다.

'그래서 배우들이 긴장했군.'

확실히 세트장 주변은 음산했다. 호러 영화에 나올 법한 모습이었다. 이런 칙칙한 색감이 부각될 수 있는 환경은 '존 리페인'의 촬영지로 최적이었다. 스톤 브러쉬가 만든 콘셉트 아트, 연출 이미지에도 딱 적합했다.

분장을 위해 준비된 트레일러로 가면서 록 쪽을 잠시 바라보았다. 주변을 둘러보며 살짝 질려 하는 얼굴이 꽤 웃겼다. 주변 시선을 의식해 애써 아무렇지도 않은 척하고 있었다. 흥분한 모습으로 겁을 감추고 있는 것이다.

록은 리더를 사내답지 못하다고 놀리곤 했는데, 정작 리더가 훨씬 태연했다. 오로지 영화 생각으로 머릿속이 가득한 듯 보였다.

건우는 그런 리더가 신기해 보였다.

"괜찮아? 여기 귀신 나온다며."

"정말 그랬으면 좋겠어. 영상으로 남기면 좋은 자료가 될 것 같아. 감독님도 기대 중이야."

"…그렇군."

"음, 귀신은 카메라에 어떻게 찍힐까? 육체가 없으니까 역시 흐릿하게 보이나? 그럼 적외선 카메라로 찍는다면?"

리더는 평소 궁금하던 걸 토해내기 시작했다.

잭이나 리더는 확실히 영화에 미친 이들이었다. 귀신을 본다면 겁보다는 영상으로 남길 생각에 기뻐하고 흥분할 것이다.

역시 일반인의 범주로 생각하면 안 되었다.

건우는 고개를 설레설레 젓다가 예전에 문득 들은 말이 떠올랐다. 영화 촬영 중에 귀신을 보면 대박이 난다는 이야기였다.

"한국에는 영화 촬영 중에 귀신 같은 거 보면 대박 난다는 말이 있어."

"와, 그럼 꼭 봐야겠네. 으, 으악! 쥐……!"

"쥐?"

"쥐, 쥐는 질색이야. 으악!"

리더는 발밑으로 지나가는 쥐를 보며 기겁했다. 건우에게 매달리다시피 했는데 건우는 그 모습에 어이가 없어 피식 웃었다. 리더는 역시 용감한 편은 아니었다.

건우는 분장 트레일러로 들어가 분장을 받기 시작했다. '골든 시크릿' 때는 굉장히 쾌적한 환경에서 분장을 받았는데 그때와 비교하면 조금 불편했다. 그래도 불만이 나올 정도는 아니었다. 건우는 환경의 영향을 가장 덜 받는 배우였다.

"좋은 아침이야!"

잭이 건우의 분장을 직접 챙기기 위해 트레일러 안으로 들어왔다. 확실히 '골든 시크릿' 때보다도 잭은 자유롭게 움직였다. '골든 시크릿' 때는 라인 브라더스 픽처스에서 시키는 대로 움직여야 해서 자유롭지 못했는데 지금은 달랐다. 여기에 있는 모두가 모두 잭의 의도대로 움직이는 크리스틴 잭슨 사단의 스태프들이었다.

"건우, 오늘 첫 촬영인데 기분이 어때?"

"저야 늘 좋죠. 근데 오늘은 최고네요."

"하하, 든든하군. 그래미상을 받은 것처럼만 해줘."

"그럼 아카데미상을 휩쓸어야겠군요."

"내 말이 바로 그거야! 하하!"

잭은 일부러 텐션을 높이고 있었다. 잭은 건우, 그리고 스태프와 실시간으로 상의하면서 건우의 분장을 구체적으로 주문했다.

건우를 조금 더 나이 들어 보이게 만들고 창백한 모습으로 만드는 것은 쉬운 일이 아니었다. 아주 자연스럽게 보이도록 해야 했기 때문이다.

"음, 건우, 역시 수염 좀 붙여볼까? 지금 긴 머리 스타일이랑 꽤 괜찮게 매치될 것 같아. 첫인상으로는 상당히 괜찮을 것 같은데. 보여주는 이야기도 있고."

"네, 덥수룩하게 해보죠. 역시 지저분한 느낌으로 가야 할 것 같아요."

"좋아, 그럼……."

건우는 계속해서 아이디어를 냈다. 눈 밑을 가로지르는 흉터나 수염의 크기 같은 경우에는 기존에 상의되지 않은 것들이었다. 분장 자체는 어렵지 않았지만 여러 가지를 상의하면서 진행했기에 시간이 꽤 걸렸다.

분장이 끝나자 거울을 바라보았다. 건우의 기존 모습과는 확실히 달라져 있었다. 덥수룩한 수염 때문인지 나이가 들어 보였고, 흉터와 주름 덕분에 인상이 확 달라 보였다. 산전수전 다 겪어본 인물처럼 보였다.

'예전 내 모습과 비슷하네.'

전생의 모습과 제법 비슷했다.

배역에 몰입하며 눈을 날카롭게 뜨자 건우가 상상하던 존리 페인의 모습이 눈앞에 있었다. 분위기가 바뀌는 것만으로도 이미시가 확 날라졌다. 잘생긴 것은 여전했지만 말이다.

'목소리도 좀 더 거칠게 바꿔야겠군.'

건우의 목소리는 누가 듣더라도 듣기 좋았다. 부드럽고 맑은 목소리는 남녀노소 누구라도 좋아할 만한 요소였다. 그러나 존 리 페인에게는 어울리지 않았다. 거칠고 사나운 느낌이

들어야 했다.

대본 리딩 때도 그러한 모습을 보였지만 지금의 모습과는 조금 어울리지 않아서 조금 더 거칠게 바꿀 생각이다.

트레일러에서 나오자 배우들이 몰려 있는 것이 보였다. 자욱하게 안개가 꼈고 하늘은 흐려 비가 올 것만 같았다. 주변 분위기 탓에 그들은 조금 과도하게 긴장하고 있었다.

물론 록을 비롯해 반 스타뎀은 아무렇지도 않은 척 허세를 부리고 있었다.

"귀신? 하하! 그런 게 어디 있어?"

"나오면 때려잡으면 되지. 잡아서 내 집에 장식해 놔야겠군."

둘은 흥분 상태였다.

주변에 꽤 밀도 높은 기운이 흐르고 있어 신체에 영향을 미치고 있었다. 가까운 곳에 있는 산의 기운이 세트장을 관통해서 흐르고 있었는데, 이것 역시 귀신 소동의 원인이었다.

아마 조금 예민한 자라면 이러한 기운에 민감해져 새로운 감각을 느낄 수 있을지도 모른다. 환각이나 환청을 들을 수도 있고, 전자 장비에 영향을 미칠 수도 있었다.

건우가 살펴본 결과 그리 큰 문제는 없을 거라는 판단이 내려졌다.

'긴장 좀 줘볼까?'

장난기가 동했다. 건우는 슬쩍 잭을 바라보며 입을 떼었다.

"잭, 귀신이 나오면 대박 난다는 이야기 들어봤어요?"

"음, 그런 속설이 있긴 하지. 전혀 신빙성 없는 이야기는 아니야. 마케팅적으로도 훌륭한 수단이거든. 공포 영화를 찍을 때는 꽤 좋지. 음, 스태프와 배우들을 너무 힘들게 해서 환각을 봤다는 분석도 있지. 힘든 만큼 영화가 잘 나오니 그런 속설로 이어지지 않았을까?"

"뭐, 오늘 여럿 출연할지도 모르겠는데요?"

"뭐? 귀신이? 으, 무서운 소리 하지 마라. 네가 말하면 진짜 나타날 것 같아. 음, 그래도 나타나면 말해줘. 꼭 찍고 싶으니까."

건우는 록과 반 스타뎀 쪽을 가리켰다.

잭이 고개를 갸웃하자 건우는 손가락을 자신의 입술에 가져다 댔다. 조용히 해달라는 표시였다. 그러고는 기척을 죽이며 숲 쪽으로 들어갔다.

건우는 숲에 들어서자마자 아예 기척을 지워 버렸다. 바로 옆에 있어도 건우가 서 있다는 것을 모를 것이다. 바로 앞에 있어도 집중해서 보지 않는 이상 무의식적으로 스쳐 지나갈 정도였다. 주변에 있는 동물들조차 건우의 움직임을 눈치채지 못했다.

스윽!

순식간에 배우들과 가까운 곳에 있는 나무 뒤까지 이동했다. 록과 반 스타뎀이 자신이 얼마나 겁이 없는지 그 일화를 이야기하고 있었다. 건우는 잠시 그 이야기를 들어보기로 했다.

록이 씨익 웃으며 입을 떼었다.

"네이비씰 훈련 때 바다에 들어가니까 집채만 한 상어가 다가오는 거야. 딱 나랑 눈이 마주쳤거든. 내가 질 수 있나? 나한테 다가올 때까지 눈싸움을 계속 했지. 놈의 입이 벌어지는 것이 보였어. 아주 날카로운 이빨이었지."

"오오……"

"그래서요?"

훈련소를 가지 않은 배우들이 집중해서 듣고 있었다. 오늘 출연으로 끝인 단역배우도 있었고 비중이 꽤 있는 중견배우도 있었다. 데이비드 같은 경우에는 오늘 촬영이 없었지만 첫 촬영이니만큼 현장에 나와 있었다.

"내가 딱 이렇게 주먹을 쥐고……"

"주먹은 개뿔, 잔뜩 쫄아서 굳어 있다가 비명 지르고 난리 났잖아? 바닷물을 엄청 먹고 뻗었지."

"크흠!"

반 스타뎀이 록의 말에 비웃으며 말했다. 록은 일부러 헛기침을 하면서 살짝 민망한 표정을 지었다.

"너도 겁먹고 허우적거렸으면서."

"뭐, 내가 뭐라 그랬나? 괜히 허세 부리지 마라."

반 스타뎀이 순순히 인정하자 록이 오히려 할 말이 없어졌다. 줄리아가 눈을 반짝이며 록을 바라보았다.

"그래서 어떻게 되었어요? 상어가 나타난 건 맞죠?"

"음, 내가 네이비씰에서 배운 대로……."

"바닷물 먹고 허우적거리는 걸 대장이 구해줬지."

록의 말을 끊고 반 스타뎀이 대신 대답했다. 대장이라는 말에 배우들이 감탄성을 내뱉었다. 그들이 말하는 대장이 누구인지 배우들도 모두 다 알고 있었다. 록과 반 스타뎀이 틈만 나면 네이비씰 이야기를 떠들어댔기 때문이다.

줄리아도 마찬가지였다. 건우의 이야기가 나오자 눈이 반짝였다.

"정말 건우 씨가 구해주었나요?"

반 스타뎀이 대신 줄리아의 말에 고개를 끄덕였다.

"음, 보트 위에 있던 대장이 다이빙을 해서 헤엄쳐 오더니 그대로 주먹으로 상어의 콧등을 쳐버렸어."

"오오오!"

"정말이야?"

배우들이 록 대신 반 스타뎀을 바라보았다. 록이 허풍이 조금 있다는 것을 배우들은 눈치채고 있었다. 반 스타뎀도 자신의 이야기를 할 때는 허풍을 좀 쳤지만 티가 잘 나지 않았다.

반 스타뎀이 크게 고개를 끄덕이며 입을 떼었다.

"대장의 주먹을 맞더니 상어가 그대로 배를 까뒤집고 수면 위로 올라가더라. 그렇지, 데이비드? 너도 옆에서 봤잖아."

"음, 아직도 그 장면이 생생해. 교관들도 이런 일은 처음이라고 하더군. 덕분에 대장님은 훈련소의 전설이 되었지."

반 스타뎀이 데이비드에게 묻자 데이비드는 진지한 표정으로 고개를 끄덕이며 대답했다. 데이비드는 그러면서 자신의 핸드폰을 꺼내 사진을 보여주었다. 사진 속에는 커다란 상어가 하얀 배를 보인 채 수면 위에 둥둥 떠 있었다. 교관들이 찍은 사진이었는데, 훈련소를 떠나고 나서 그들에게 보내준 것이다. 반쯤 기절한 것 같은 록을 건우가 보트 위로 옮기는 사진도 있었다.

훈련소가 있는 연안은 상어가 자주 출몰하는 곳이었다. 때문에 교관들에게 그에 관한 훈련을 받는데, 이렇게 직접 공격해 오는 경우는 드물었다. 그걸 훈련병이 잡은 경우는 이번이 처음이었다.

아직도 네이비씰 훈련소에서는 건우의 이야기가 오르내리고 있었다.

"와, 엄청 크네요."

"거의 보트만 하잖아?"

"이, 이거 식인 상어 아니야?"

배우들이 데이비드의 핸드폰을 보고 깜짝 놀랐다. 반쯤은 농담인 줄 알았는데, 진짜 보트 옆에 엄청 큰 상어가 있었다. 상어의 코처럼 보이는 길쭉한 부분에서는 피가 흘러나오고 있었다.

"이런 일을 겪고 나서도 대장님은 태연하게 훈련을 받았지. 교관들이 오히려 당황하더군."

데이비드는 그날을 회상하며 추억에 빠졌다. 그의 눈빛이 아련해졌다. 훈련을 할 때마다 전설을 하나씩 만든 건우였다.

건우도 이야기를 들으니 그때가 생각났다. 건우가 발산하는 기운 때문에 자극받은 상어가 다가온 것 같았다. 가볍게 쳤는데 조금 과하게 힘이 들어가 기절해 버렸다. 다행히 죽지는 않아서 얼마 뒤에 바다로 사라졌다. 교관이 한동안 말을 잃은 것이 기억나자 웃음이 나왔다.

건우는 록을 바라보았다. 나무 뒤에서 잠깐 씨익 웃다가 내력을 끌어올리며 전음을 보냈다.

[흐, 흐흐, 히히히……]

록의 귓가에 희미하게 울릴 수 있도록 조절했다. 록이 흠칫하더니 주변을 둘러보았다. 그러다가 고개를 갸웃했다. 잘못 들었다고 생각한 것이다.

[으흐흐, 으흐흐……]

"어, 억?! 뭐, 뭐야?!"

[흐흐흐…….]

"으, 으악!"

록이 기겁하며 소리를 질렀다. 반 스타템이 왜 그러냐는 듯 록을 바라보았다. 주변의 배우들도 마찬가지였다. 록의 표정이 잔뜩 굳어갔다.

"바, 방금 무슨 소리 아, 안 들렸어?"

"소리는 무슨, 갑자기 왜 그래? 뭐 잘못 먹었어?"

반 스타템이 그를 비웃었다. 그에 비해 록의 얼굴은 두려움으로 물들기 시작했다. 록은 아닌 체하고 있어도 겁이 참 많았다. 건우는 록의 뒤로 몰래 다가갔다.

록의 뒷목에 슬쩍 손을 올려놓았다.

"으, 으아아악!"

록이 비명을 지르며 방방 날뛰었다. 건우와 반 스타템, 그리고 주변에 있던 배우들이 그 모습을 보면서 웃었다. 록이 기겁하며 날뛰다가 웃고 있는 건우를 보더니 안도의 한숨을 내쉬면서 얼굴을 감싸 쥐었다.

"록, 괜찮아?"

"아, 대장, 진짜……. 또 당했네. 놀라게 하지 좀 마!"

건우는 씨익 웃었다. 네이비씰 야간 훈련 때도 장난을 친 적이 있는 건우이다. 잔뜩 긴장하고 있어 풀어준 것이다. 이번에는 반대로 긴장을 좀 준 것이지만 말이다.

그때, 잭이 모두 모이라고 전해왔다.

록은 다시 자신감 넘치는 표정으로 돌아와 건우를 바라보았다.

"대장, 그건 어떻게 한 거야? 목소리가 완전 다르던데. 성대모사 같은 건가?"

"뭐가?"

"웃음소리 내지 않았어?"

건우는 록을 이상한 눈으로 바라보았다. 물론 연기였지만 말이다.

"웃음소리? 그런 소리는 낸 적 없는데."

"뭐?"

건우의 옆에서 걷던 록이 갑자기 우뚝 섰다. 그의 표정이 다시 굳어지기 시작했다. 건우는 음산한 미소를 지었다. 록은 건우의 표정을 보고 괜히 무서워졌다.

"아, 그러고 보니……."

"까, 깜짝이야! 크, 크흠! 왜? 왜?"

"오다가 근처 마을 사람들에게 들었는데, 여기서 거짓말을 하면 귀신이 들러붙는다더라. 처음에는 웃음소리가 들린다던데."

건우의 음산한 표정과 진지한 말투가 합쳐지며 정말 사실을 말하는 것처럼 들렸다. 록뿐만 아니라 주변에서 듣고 있던 배우들도 움찔했다. 줄리아가 깜짝 놀라며 들고 있던 대본을 떨어뜨렸다.

리더도 들었는데 호기심이 가득한 표정이 되었다. 그러다가 스마트폰을 꺼내고 입을 떼었다.

"내 키는 190이에요. 그리고 집에 재산이 30조가량 있죠. 그리고……"

리더가 거짓말을 시작하자 록의 얼굴이 새파랗게 질렸다. 빠르게 다가가며 리더의 입을 막았다.

"읍, 읍!"

"야, 너, 죽고 싶어? 귀신 들린다고!"

"읍읍!! 읍! 이건 기회……"

줄리아도 얼굴이 새파랗게 변했는데 록이 리더의 입을 막은 것을 보고 겨우 안심했다. 티는 내지 않았지만 반 스타템도 움찔하고 있는 걸 보니 신경이 쓰이기는 한 것 같다.

건우는 피식 웃으면서 록과 반 스타템을 바라보았다.

"혹시 겁먹었어?"

"크, 크흠……"

"으, 으음……"

둘은 아무 말도 하지 않고 건우의 질문을 외면했다. 거짓말을 하기에는 건우가 한 말이 신경 쓰였고, 그렇다고 겁을 먹었다고 말하기에는 자존심이 상했기 때문이다.

건우는 농담이라고 말해주려다가 둘의 표정을 보고는 그냥 가만히 있기로 했다. 신선하고 재미있었기 때문이다.

'나도 참 유치하네.'

이것도 자신의 모습이었다.

바꾸고 싶다는 생각은 들지 않았다. 여러모로 놀리는 재미가 있는 록이었다.

*   *   *

'존 리 페인'의 촬영이 시작되었다.

스토리의 순서대로 촬영이 이루어졌으면 배우들이 몰입하기 좋겠지만 그렇지 않았다. 그래도 크리스틴 잭슨 감독은 완전히 순서를 맞추지는 못하더라도 몰입과 감정의 흐름을 가져갈 수 있도록 최대한 맞춰주고 있었다.

그것이 바로 제작자, 감독의 역량이었다.

"후우……."

때마침 적당하게 비가 내려 일부러 비를 뿌릴 필요가 없어졌다. 최고의 신을 찍을 준비가 맞춰진 셈이다.

건우는 깊은 숨을 내쉬며 완전히 존 리 페인의 배역에 몰입했다. 잭은 건우의 연기에 모든 것을 맞춰주었다. 잠시 뒤, 건우는 완벽한 존 리 페인 그 자체가 되었다.

장례식.

내리는 비가 존의 얼굴에 감도는 깊은 슬픔을 가려주었다. 아내의 장례식은 아니었다. 며칠 전에 있던 장례식에는 그 누구도 오지 않았다. 아니, 장례식조차 아니었다. 그조차도 거절당했고, 간신히 화장을 해서 아내가 생전에 좋아하던 호수에 뿌렸을 뿐이다.

그의 눈동자 속에서 분노가 일렁였다. 분노가 극에 달하니 머릿속이 오히려 차분해졌다. 작은 실소마저도 나오고 있었다.

존은 삽을 든 채로 공동묘지에 와 있었다. 움켜잡은 삽으로 빈 공터를 파기 시작했다.

푹, 푹!

경찰은 수사조차 하지 않고 자살로 결론을 내렸다. 그가 병실에서 깨어났을 땐 오히려 가정 폭력범으로 몰렸을 정도이다. 증거는 조작되었다. 이웃은 위증을 했고, 친구들은 과거를 꾸몄다. 지역신문 기사는 조작되어 우울증에 의한 자살로 보도되었다.

존은 찰나의 1년이라 생각했다.

이곳은 꽤 고급스러운 묘지였다. 존은 구덩이를 무척이나 깊게 팠다. 관을 묻고도 남을 정도로 깊게 팠다. 그렇게 미친 듯이 땅을 파는 일에 열중했다.

띠이이잉!

경찰 사이렌이 울렸다. 존은 묵묵히 계속 땅을 팠다. 두 명의 경찰이 그에게 다가왔다. 경찰은 존과 아는 사이인 듯했다.

"이봐, 존. 마음은 알겠는데 여기서 이러면 안 돼."

"헤이, 정장 멋진데? 얼마짜리야?"

"찰리, 그를 자극하지 마. 존, 집에 바래다줄게. 돌아가자. 이번 일은 없던 일로 해줄게. 조용히 돌아가서 쉬는 거야. 어때?"

푹, 푹!

존은 경찰의 말에도 묵묵히 땅을 팠다. 경찰들은 관리인의 신고를 받고 출동한 것이었다. 존은 허리를 펴고는 구덩이 위로 올라와서 경찰을 바라보았다.

"필립, 이 정도면 괜찮겠지?"

"으, 응? 뭐가?"

"묻힐 곳."

섬뜩한 존의 말이 울려 퍼졌다.

필립은 표정이 굳어지며 잠시 말을 잃었다. 위협을 느낀 찰리가 총에 손을 가져다 대려고 하자 경찰 필립이 손을 들어

제지했다.

필립은 진심으로 걱정하는 척하며 존을 바라보았다. 그의 어깨에 다정하게 손을 올렸다.

"나쁜 생각 하지 마. 병원에 가자. 내가 도와줄게."

"돈을 받았더군."

"무, 무슨 소리를⋯⋯."

퍽!

존이 그대로 몸을 돌리며 주먹을 필립의 안면에 꽂아 넣었다. 필립이 비틀거리다가 구덩이에 빠졌다.

"꼬, 꼼짝⋯⋯."

터엉!

찰리가 총을 뽑아 겨누자 존은 찰리를 향해 삽을 던졌다. 삽이 빠르게 날아가 찰리의 가슴을 때렸다. 그가 바닥을 구르자 존이 천천히 다가가며 삽을 들었다.

"으, 으아⋯⋯!"

찰리가 겁에 질려 비명을 질렀다. 존은 들었던 삽을 잠시 내렸다. 찰리가 숨을 헐떡이며 겨우 안심하는 표정을 지었다.

존은 자신의 정장을 가리켰다.

"50달러. 아울렛에서 샀어."

"어? 억!?"

퍽! 티잉!

그렇게 말한 존은 찰리의 머리에 가볍게 삽을 휘둘러 기절시켰다. 찰리의 다리를 질질 끌어 구덩이로 다가왔다. 찰리를 구덩이에 넣자 기절해 있던 필립이 깨어났다.

"으, 으음! 어억! 뭐, 뭐야?!"

필립이 구덩이에 반쯤 고인 물웅덩이에서 허우적거렸다. 코가 내려앉아 코피가 줄줄 흘러내렸다.

간신히 정신을 차리고 위를 올려다보니 검은 정장을 입은 존이 삽을 들고 서 있었다.

"역시 딱 좋지?"

"어억! 조, 존! 나, 나는 모, 몰랐어! 그, 그게……."

"조금 더 팠으면 좋겠지만 이것도 아늑하니 괜찮아 보이는군."

"이, 이봐, 조, 존……! 억억! 그, 그러지 마!"

후욱! 훅!

존은 태연하게 쌓아놓은 흙으로 구덩이를 덮기 시작했다. 필립이 필사적으로 올라오려 했지만 존이 삽으로 머리를 찍어 눌렀다. 필립의 목숨 구걸에도 존의 차가운 눈빛은 전혀 변하지 않았다.

"그렇게까지 고통스럽지는 않을 거야."

"허, 허어… 허억! 읍!"

무감정한 목소리로 필립에게 말을 건네는 모습은 두려움을 넘은 공포 그 자체였다.

"사, 살려… 읍, 읍!"

거센 빗소리에 가려 필립의 비명은 들리지 않았다.

존은 필립과 찰리를 그대로 묻어버렸다.

푹!

존은 묘지가 되어버린 구덩이를 바라보다가 그 위에 삽을 꽂아 넣었다.

터벅터벅 걸으며 공동묘지를 빠져나왔다. 관리인이 존을 보고는 고개를 갸웃했다. 그가 신고해서 방금 경찰들이 들어갔기 때문이다.

존이 관리인을 바라보았다.

"내 차는 어디에?"

"겨, 견인차가 끌고 갔지. 주차비를 안 냈잖아."

존은 고개를 끄덕였다.

존의 눈에 경광등이 돌아가고 있는 경찰차가 보였다. 존은 경찰차로 다가가 팔꿈치로 유리창을 깼다.

"히, 히익!"

그 모습에 관리인이 화들짝 놀라며 굳었다. 경찰차 문을 열자 안에 있는 도넛 상자가 보였다.

존은 도넛 상자를 들고 관리인에게 다가가 건넸다.

"주차비 대신 괜찮죠?"

"아… 네, 네, 괘, 괜찮습니다."

존은 고개를 끄덕이고는 관리인의 어깨를 두드려 주었다. 그대로 경찰차를 타고 사라졌다. 관리인은 눈을 깜빡이면서 사라지는 경찰차를 바라보다가 도넛을 내려다보았다. 도넛 상자를 열어보니 먹다 남은 반쪽의 도넛만이 남아 있을 뿐이다.

집으로 돌아온 존은 적막만이 감도는 집 안으로 들어갔다. 마치 냉장고처럼 느껴지는, 차갑게 식어버린 집이었다. 불빛이 있는 곳은 아내의 사진이 있는 곳, 아내의 흔적이 묻어 있는 곳뿐이었다. 잔뜩 젖은 옷에서 물이 뚝뚝 떨어져 바닥을 적셨다. 존은 깊게 숨을 내쉬었다. 그의 표정이 살짝 지쳐 보였다.

아내의 환각이 보이는 듯했다.

따르릉!

그때, 액자 옆에 있는 고풍스러운 전화기가 울렸다. 존은 전화를 가만히 바라보다가 수화기를 들었다.

―존 리 페인.

"빈센트 쇼."

존은 담배를 꺼내 물었다.

담뱃갑에서 담배를 꺼내는 소리가 전화기 너머로 들렸는지 그가 물었다.

―아직도 그 싸구려 담배를 피우나?

"2년 만에 처음이야."

―…그렇군.

담배 연기가 어두운 공간으로 흐려지며 사라졌다. 잠시 침묵이 가라앉았다.

―그냥 잊어, 존. 위로가 될지는 모르지만 아내… 미안. 그 사건과 관련된 이들을 전부 처리했어. 네가 묻은 두 경찰도 사고사로 위장했고. 그냥 잊어준다면 네 계좌로 바로 돈을 보내줄게. 네가 평생 만져볼 수도 없는 돈이야.

"전부? 웃기는 소리."

존은 손을 뻗어 아내의 사진이 들어 있는 액자를 집었다. 액자를 쥔 손에 힘이 들어갔다. 존의 무표정한 얼굴이 일그러지며 눈빛에 분노가 서렸다.

―제발, 존. 평생 왕처럼 살 수 있다고.

"……"

―빌어먹을! 단지 마피아, 갱단의 문제가 아니야! 부대통령과 연이 닿은 조직이라고! 네가 당해낼 수 있을 것 같아? 제발, 제발, 존! 딱 한 번만 눈을 감으면 돼! 지금 슬픈 건 세월이 지나면 잊힐 거야.

"내가 누군지 잊은 건가?"

존의 거친 목소리는 늑대의 울부짖음처럼 느껴졌다. 수화기 너머로 침을 꿀꺽 삼키는 소리가 들려왔다.

―…그래, 그 존 리 페인이지.

"……."

―행운을 빌겠네.

전화가 끊겼다. 존이 수화기를 내려놓는 순간이었다.

탕!

존의 손에 들려 있던 액자가 박살 나며 떨어졌다. 존은 그대로 자세를 낮추며 바닥을 굴렀다. 바닥에 타오르고 있는 담배가 조각난 사진을 태우기 시작했다.

존은 이를 악물었다.

타다다다!

총알이 빗발쳤다. 벽이 부서지고 가구들이 박살 나며 잔해가 치솟았다. 그나마 불이 켜져 있던 전등도 터져 나가며 집안은 어둠으로 깔렸다. 한차례 폭풍이 지나갔다. 존은 그것이 끝이 아니라 시작임을 잘 알고 있었다.

문이 박살 나며 중무장한 특수 병력이 들이닥쳤다. 무장 상태만 보더라도 합법적인 곳에서 일하는 병력으로 보이진 않았다. 움직임도 무척이나 기민했다. 아주 잘 훈련받은 것 같았다.

존은 몸을 일으켰다. 자욱하게 쌓인 잔해와 먼지가 후두두 떨어졌다. 수색을 시작한 병력이 점점 존이 있는 곳으로 다가왔다. 존은 부엌에 놓인 식칼을 잡았다. 그러고는 기둥 옆에 붙어 조용히 서 있었다.

타닥닥!

놈들 중 하나가 경계하며 다가오다가 바닥에 떨어져 있는 유리 파편을 밟는 순간이었다.

휘익!

존이 마치 그림자처럼 병력을 덮쳤다. 그 몸놀림은 굉장히 빠르고 화려했다. 존이 든 식칼이 총을 잡은 손을 시작으로 사타구니와 가슴, 그리고 목까지 순식간에 찔러 들어갔다.

비명조차 지르지 못하고 절명했다. 병력이 앞으로 넘어지는 순간 존은 멱살을 잡고 천천히 바닥에 눕혔다.

그가 가지고 있던 소총과 권총을 챙겼다.

병력이 접근해 왔다. 병력 하나가 바닥에 떨어진 담배를 바라보았다. 담뱃불이 꺼지지 않아 아직도 연기가 천천히 오르고 있었다.

무언가 이상해 고개를 드는 순간이었다.

"억!"

존이 그의 앞에 있었다.

타다다!

연발로 발사된 총알이 그대로 병력에게 꽂혀 버렸다. 주변에 있던 병력이 존을 향해 총을 갈기기 시작했다. 존은 그대로 한 바퀴 구르면서 안정된 자세로 정면을 향해 총을 쐈다. 옆에 있는 벽에 총알이 마구 박히며 파편이 날아다녔다.

낮은 자세로 이동하며 쏘고, 빠르게 사격 자세를 바꾸며 다시 쏘았다. 소총의 탄약이 떨어지자 망설임 없이 소총을 버리고 조용히 권총을 꺼내 들었다.

"저기다!"

"잡아!"

타다다다!

총탄이 비처럼 쏟아져 내렸다. 존은 바닥에 쓰러져 있던 병력을 방패 삼아 몸을 보호하며 이동했다. 시끄러운 총성과 자욱한 먼지가 쏟아져 나왔다.

철컥!

정적이 깔렸다. 이제부터는 그의 시간이었다.

먼지가 자욱한 어둠 속에서 몸을 일으킨 존은 병력의 다리를 쏘았다. 다리에서 피가 튀며 병력이 무릎을 꿇었다.

탕!

존은 전진하며 자세를 낮추고 깔끔하게 놈의 머리에 총알을 쏘아 넣었다.

쏘고, 구르고, 참고 기다렸다가 다시 쏘았다.

존의 자세는 독특했는데, 구르고 다시 사격 자세를 잡는 동작까지 대단히 깔끔하게 이어졌다. 한 동작, 한 동작이 다음 동작을 예비하는 자세로 보였다. 사격 자세도 주변 상황에 맞게 다채롭게 변했다. 덕분에 이동에서 사격으로 이어지기까지의 속도가 굉장히 빨랐다. 병력의 눈에는 사람의 움직임이 아닌 것처럼 보일 정도였다.

"으, 으아아!"

사냥감이라 생각했다. 상대는 고작 하나였다. 재앙 수준의 위험인물이라고 했을 때는 솔직히 코웃음을 쳤다.

이곳은 지옥이었다.

개미지옥.

개미는 바로 자신들이었다. 그저 발악하며 총을 쏘는 것밖에 할 수 없었다.

"커헉!"

콰앙!

특수한 훈련을 받은 베테랑 병력이었지만 무전기를 이용한 함정, 시체 이용, 즉석에서 수류탄을 이용해 만든 덫을 극복해 낼 수는 없었다.

점점 숫자가 하나둘씩 줄어가자 남은 인원은 패닉 상태에 빠졌다. 존은 중상을 입은 몇몇 병력은 일부러 죽이지 않았다. 신음과 비명을 지르도록 일부러 놔두었다. 부상을 덜 입은 놈들은 죽지 않을 부위에 총알을 직접 박아주었다.

"으으… 윽!"

벽에 처박혀서 부들거리던 놈이 잘 움직이지 않는 손을 들어 총을 집으려 했다.

자욱한 연기 사이로 누군가 걸어왔다.

집 밖의 불빛이 마구 구멍 난 벽을 통과하여 존의 모습을 비추었다.

"존······."

검은 정장. 하얀 와이셔츠에 묻은 피가 마치 붉은 넥타이 같았다. 존은 천천히 걸어가 그의 복면을 벗겼다. 그가 아는 사람이었다.

"제임스."

"쿨럭! 솜씨는 여전하군."

제임스가 슬쩍 눈치를 보다가 총 쪽으로 손을 움직였다. 존은 그것을 가만히 보고 있지 않았다. 제임스의 손에 총이 닿을 때 존은 여전히 제임스를 보면서 권총의 방아쇠를 당겼다.

총알이 손을 관통하며 손을 엉망진창으로 만들어 버렸다.

"으악! 빌어먹을! 존!"

"별말씀을. 여기서 기다려."

"크, 크윽······."

존은 신음을 흘리며 몸을 완전히 폈다.

존은 여기저기 입은 타박상 때문에 잘 움직여지지 않는 몸을 이끌고 지하실로 향했다. 잠금장치를 풀자 작은 공간이 나왔다. 먼지가 쌓여 있는 고풍스러운 옷장들이 보였다. 옷장을 열자 각종 총기를 비롯한 무기가 정렬되어 나왔다. 클래식한 고전 총기부터 최신식 총기까지 잘 정리되어 있었다.

철컥!

존은 총기를 능숙하게 확인했다. 직접 견착해 보며 지금의 그에게 가장 손에 잘 맞는 것들을 골랐다. 그 속도는 굉장히 빠르고 깔끔했다.

존은 총기와 위조 여권, 신분증, 지폐를 검은 가방에 넣었다. 그리고 마지막 옷장을 여니 여러 가지 옷이 나왔다.

존은 검은 정장과 흰 와이셔츠, 그리고 방탄조끼를 꺼냈다. 여기저기 찢어진 정장과 와이셔츠를 벗었다. 상처투성이인 존의 몸이 드러났다. 흉터가 가득했고, 그 위에 오늘 만들어진 새로운 상처들이 자리 잡고 있었다. 조각과도 같은 몸이었지만 흉터가 마치 문신처럼 보였다.

"……."

존은 거울을 바라보다가 가위를 들었다. 비와 먼지에 젖은 지저분한 긴 머리카락을 자르기 시작했다. 시야를 가리는 머리카락을 아무렇게나 잘랐다. 면도칼로 수염을 자르고 나자 날카로운 눈빛을 지닌 남자가 모습을 드러냈다. 얼굴을 가로지르는 흉터와 주름이 날 선 분위기를 연출해 주고 있었다.

존은 정장을 입었다. 관련된 모든 자의 장례를 손수 치러줄 때까지 검은 정장만을 입을 것이다. 존은 가방을 들고 지하실 밖으로 나왔다. 제임스가 필사적으로 바닥을 기며 집 밖으로 나가려 하고 있었다. 아직 죽지 않은 병력은 신음 소리를 내며 바닥에서 꿈틀거렸다.

지옥의 풍경을 보는 것 같았다.

뚜벅뚜벅!

존이 천천히 걸어오자 제임스는 숨을 헐떡이며 벗어나기 위해 몸부림쳤다. 존은 그의 발을 잡고 질질 끌어서 다시 원래 위치에 가져다 놓았다.

그리고 휘발유를 가지고 와서 골고루 뿌렸다.

"우, 우읍! 그, 그만……!"

집 곳곳을 비롯해 제임스의 머리부터 발끝까지 전부 휘발유로 젖어버렸다.

그리고 존은 가스 밸브가 있는 곳으로 다가가 가스관을 뜯어냈다.

"사, 살려줘, 조, 존……."

"기회를 주지."

존은 고개를 끄덕이고는 수류탄을 가지고 와서 그의 두 손에 꼭 쥐어주었다. 안전핀을 빼주는 것도 잊지 않았다.

"너, 누, 누구를 적으로 돌리는지 알고 있는 거냐! 구, 국가 그 자체라고! 미국! 미국을 적으로 돌리는 거야!"

발악적인 제임스의 외침에도 존은 아무렇지도 않은 표정으로 가방을 챙겼다. 제임스는 부들부들 떨리는 손으로 수류탄을 꽉 쥐고 있었다. 총알에 관통당한 손에 힘이 잘 들어가지 않았다.

존은 가방을 챙기고 밖으로 나갔다. 제임스가 필사적으로 수류탄을 꼭 잡으며 바닥을 기고 있을 때, 존이 다시 들어왔다. 잊은 것이 있어서였다. 제임스의 옆에 부서져 있는 서랍을 열었다. 박살 나 초침이 멈춘 중저가 브랜드의 시계였다. 그날 이후로 시계는 더 이상 가지 않았다.

제임스는 다시 사라지는 존의 뒷모습을 바라보다가 이를 악물고 바닥을 기기 시작했다. 먼지에 살짝 가려진 안전핀이 보여서다.

안전핀 바로 앞에 도착한 제임스는 얼굴을 바닥에 박고 이와 혓바닥, 입술, 모든 것을 이용해 간신히 안전핀을 입에 물었다. 몇 번의 시도 끝에 힘이 빠지기 전, 간신히 안전핀을 다시 꽂아놓을 수 있었다. 그 와중에 이가 부서져 피가 났지만 그는 환하게 웃었다. 손에서 놓친 수류탄은 터지지 않았다.

"하하하! 방심했어! 방심했군, 존!"

세월은 못 속인다고 했던가?

숱하게 많은 중요 요인들을 암살하고 불가능한 임무를 완수한 전설적인 인물 존 리 페인도 결국 세월이 지나며 무뎌졌다. 무적의 존재라는 존에게서 틈이 보이자 그를 죽일 수 있을 것만 같았다.

"내가, 내가 죽을 것 같아? 내가……."

제임스는 바닥을 필사적으로 기었다.

"내가 죽여주마. 흐흐흐."

기이한 웃음소리를 내면서 망가진 다리를 질질 끌면서 기었다. 피가 잔뜩 흘러나왔지만 밖으로만 나간다면 살 수 있을 것 같았다.

박살 난 현관이 보였다. 이 문지방만 넘으면 거의 다 온 것과 다름없었다. 제임스가 문지방을 간신히 넘는 순간이었다.

딸깍.

무언가 팔에 걸리는 소리가 났다.

"어?"

고개를 내려 아래를 보니 낚싯줄이 보였다. 고개를 돌려보았다. 타오르기 시작한 조명탄이 보였다. 제임스의 표정이 멍해졌다.

"아, 존……."

호흡이 힘들 정도로 가득 찬 가스, 그리고 휘발유, 타오르는 섬광탄. 제임스는 그렇게 짧은 말밖에 남길 수 없었다.

"컷! 좋아!"

잭의 만족스러운 외침이 떨어졌다. 하루아침에 이런 장면을 찍어낼 수는 없었다. 꽤 오랫동안 스튜디오와 야외 촬영장을 오가며 찍은 신이 마무리된 것이다. 물론 흐름의 순서대로 촬영된 것은 아니었고 섞인 것도 있었지만 대략적인 이야기의 흐름은 이러했다.

건우는 제임스 역을 한 조연배우에게 다가갔다. 건우와 같이 훈련한 배우 중 한 명이다. 죽음으로써 하차하게 되었는데, 건우가 직접 준비한 선물을 건넸다.

"고생했어."

"어, 어휴, 대장님. 뭐, 뭘 이런 걸……."

"같이 사진 찍자."

건우가 손짓하자 다른 배우들이 다가왔다. 잭도 같이 껴서 사진을 찍었다. 조연배우는 건우의 옆에서 환하게 웃으며 같이 사진을 찍었다. 건우는 늘 든든한 대장이었다. 그리고 무서울 정도의 연기를 보여주는 명배우였다.

지금의 건우는 표정, 목소리, 분위기까지 방금 전 연기할 때와는 너무 달랐다. 조연배우는 건우의 연기에 맞추는 것만으로도 난생처음으로 자신의 연기에 만족할 수 있었다.

짝짝짝!

건우가 박수를 쳐주자 스태프와 배우들도 박수를 쳤다. 조연배우의 눈시울이 살짝 붉어졌다. 조연배우는 모두의 축하 속에서 자신의 역할을 마무리할 수 있었다.

건우는 잭과 함께 여태까지 찍은 영상을 모니터링하면서 의견을 교환했다.

"꽤 괜찮게 나온 것 같네요."

"딱 좋은 것 같아. 이보다 더 괜찮은 장면을 뽑기는 어려울 것 같아. 하하!"

잭이 소리 내어 웃었다. '골든 시크릿' 때보다도 더 좋은 반응이었다. 그때도 이렇게 만족하기는 했지만 표정은 지금이 훨씬 더 밝았다.

"보내준 음악이랑 딱 맞을 것 같아."

"다행이네요."

건우가 영화음악을 책임지고 있었기 때문에 편집 이야기가 빠질 수 없었다. 그렇게 한동안 서서 이야기를 나눴다. 영화 촬영은 계획대로 가는 편이었지만 즉석에서 이렇게 이야기를 나눈 후 변경되는 일도 많았다. 그렇게 잭과 이야기를 나누다가 오늘 촬영의 마지막 하이라이트를 보기 위해 이동했다.

바로 존 리 페인의 집이 폭발하는 신이었다. 화약이 설치되었고 이제 잭의 지시만을 기다리고 있었다. 배우들이 멀찍이 떨어져서 존 리 페인의 집을 바라보았다.

록은 겨우 한시름 놨다는 표정이었다. 이곳 야외 촬영장에 올 때면 말수가 급격히 적어졌는데, 아직도 귀신 소동의 후유증이 남아 있었다.

건우가 그런 록을 바라보며 웃었다.

"이제 안 와도 되니 좋나 봐?"

"크, 크음……."

록은 야외 촬영장에서 절대 거짓말을 하지 않았다. 다른 배우들도 마찬가지였다. 대답하기 곤란하면 그냥 헛기침을 하거나 말을 돌렸다. 그건 긍정을 뜻했다.

"음? 방금 웃음소리 안 들렸어?"

"대, 대장! 그, 그런 말 하지 마!"

"하하!"

건우는 록의 반응이 제법 재미있었다. 건우가 농담하는 걸 알아챈 록이 한숨을 내쉬며 겨우 안심했다. 소방차들이 주변에 대기하고 있었고, 배우들과 스태프들은 뒤로 물러났다.

'이 정도 규모의 폭발신은 처음인데.'

대규모라고는 할 수 없었지만 집 하나를 통째로 날려 버리는 건 처음 보는 것이다. 이번 영화는 웬만하면 CG를 이용하지 않는 방향으로 간다는 지침이 있었다.

잭이 무전기를 들었다. 야외 촬영장에 긴장감이 감돌았다. 만약 무언가 실수로 폭발이 도중에 멈추거나 계획이 틀어지게 되면 막대한 손실로 이어질 수 있었다. 집을 다시 지어야 한다거나 폭발 장면을 삭제해야 할 수도 있었다.

잭은 여러 가지를 꼼꼼히 확인하고 난 후에야 카운트다운에 들어갔다.

"폭파!"

잭의 외침과 동시에 화염이 치솟았다.

콰아아앙!

창문이 깨져 나가고 담장이 무너졌다. 굉장한 폭발이었다. 전생에 몇 번 본 벽력탄을 생각나게 만들었다. 화끈한 열기가 피부로 다가왔다.

'캠프파이어 기분 나는데?'

왜인지 중학교 때의 생각이 났다. 어두운 밤에 타오르는 불길, 그리고 주변에 있는 사람들. 그때의 기분과 비슷했다. 건우는 한동안 타오르는 불길을 말없이 바라보고 있었다.

안심하고 있는 록과 반 스타뎀, 그리고 배우들을 바라보다가 건우는 피식 웃고는 전음을 한 차례씩 쏴주었다.

[흐흐, 불조심, 불조심해라.]

"히익?!"

"억?!"

"바, 방금 들었어?"

기겁하는 록과 반 스타뎀의 표정을 보는 것도 재미있는 일이었다. 요즘 들어 장난기가 올라간 건우였다. 카메라가 꺼진 뒤에 존 리 페인이라는 배역의 흔적을 지우기 위해 일부러 더 그렇게 행동하는 경향도 있었다. 배역에 완전히 동화된다고 해도 인외의 경지에 있는 건우를 흔들 수 없겠지만, 그래도 미세하게나마 영향이 갈 수 있었다.

'음……'

살짝 질려 있는 록의 표정, 그리고 폭발과 불길.

건우는 음악에 대한 아이디어가 떠올랐다. 모두 건우가 존리 페인이 되어 직접 경험했기에 더욱더 많은 영감이 다가오고 있었다. 기존에 쓴 곡 말고도 전반부 영상에 어울릴 만한 곡을 쓸 수 있을 것 같았다. 두려움과 카타르시스를 동시에 경험하게 해줄 수 있는 그런 곡을 쓸 수 있을 것 같았다.

'총성과 폭발, 그리고 귀신이라……'

모든 것이 한 인물을 상징했다. 그것은 존 리 페인 그 자체였다.

정말 재미있는 구성이 될 것 같았다.

초반부의 신이 그렇게 마무리되었다. 촬영은 순풍의 돛단배처럼 순조롭게 진행되고 있었다.

3. 할리우드 소식

'존 리 페인' 촬영팀은 아주 바쁜 나날을 보내고 있었다.

그중에서 가장 바쁜 것은 역시 이건우였다. 휴일이 거의 없을 정도였다. 영화 촬영 스케줄은 규칙적이지만 타이트했고, 잭 다음으로 중요하다 할 정도로 건우는 영화에 아주 깊이 관여하고 있었다. 배우가 할 수 있는 범위를 크게 벗어나고 있었으니 당연했다.

'존 리 페인'의 촬영은 보안이 대체적으로 삼엄해서 노출된 것은 거의 없었다.

미 해군 홍보 영상이 대박이 나면서 미튜브나 플레이스타에 여러 패러디가 등장하고 있었다. 자연스레 건우의 차기작에 관심이 쏠릴 수밖에 없었다.

존 리 페인, 그러니까 이건우의 모습이 처음 공개된 것은 뉴욕시의 협조를 받아 촬영한 자동차 추격신, 그리고 시가지전 촬영 때였다.

공식적인 루트로 공개된 것이 아니라 촬영 현장을 찍은 기자들에 의해 공개되었다. 이런 일들은 할리우드 영화판에서는 꽤 흔했다. 막는다고 되는 것이 아니었다. 건우나 잭은 크게 신경 쓰지 않고 있었지만 팬들의 입장은 달랐다. 그야말로 가뭄의 단비 같은 소식이었다.

그녀의 경우도 오랜만에 들려오는 소식에 상쾌함을 느끼고 있었다. 오랜만에 환하게 미소 짓는 존재는 바로 영국 여왕이었다.

"스미스 요원, 수고했네."

깔끔한 정장과 검은 선글라스를 낀, 큰 덩치의 사내, 스미스 요원이 고개를 깊이 숙이고 물러났다. 영국 여왕이 개인 사비를 들여 만든 정보 수집 단체였다. 실력 있는 요원들로 구성되어서 대단한 정보 수집력을 보여주었다. 덕분에 그녀는 이건우의 나라인 한국에서 올라오는 여러 소식과 반응을 빠르게 접할 수 있었다.

여왕은 고급스러운 의자에 앉아 문서를 살펴보았다. 가장 행복한 시간은 좋은 차를 마시면서 이렇게 덕질을 하는 시간이었다. 말년에 찾아온 취미는 어느새 일과가 되어버렸다. 그녀의 얼굴에 수줍은 소녀처럼 작은 미소가 떠올라 있었다.

제목: 할리우드 소식!
가장 빠르고 가장 정확한 할리우드 소식!
어디서도 볼 수 없는 생생한 소식!
지금 바로 제공해 드립니다.
금주의 할리우드 소식입니다.

모두가 기다리고 있는 소식인데요, 크리스틴 잭슨이 제작, 연출을 맡고 이건우가 단독 주연으로 출연하는 영화 '존 리 페인'의 촬영 사진이 유출되었습니다.

오늘은 이건우와 '존 리 페인' 특집을 준비해 보았습니다. 그럼 지금 바로 만나보겠습니다.

1. 드디어 베일이 벗겨지는 존 리 페인
영화 '존 리 페인'은 할리우드의 거장 크리스틴 잭슨이 세운 유니크 스튜디오에서 제작에 들어간 최고의 기대작입니다. 사실 크리스틴 잭슨 감독에게는 정말 미안한 말이지만 이건우가 출연하기 때문에 최고의 기대작으로 꼽혔습니다.

[사진 첨부: 존 리 페인 촬영 현장, 액션 연기 중인 이건우]

스턴트맨 없이 액션을 소화하고 있는 모습이 기자들에 의해 사진으로 공개되었습니다. 하나부터 열까지 직접 몸으로 소화했을 뿐만 아니라, 모든 액션신이 이건우와 스턴트 코디네이터의 작품이라고 하는데요. 내부 스태프는 '촬영장을 지배하는 배우'라고 입을 모아 말한다고 합니다.

촬영 현장의 열기와 열정이 사진 밖으로 전해져 오는 듯합니다.

2. 전작의 이미지를 벗을 수 있을까?

요정왕 그 자체!

이제 요정왕 하면 바로 이건우를 떠올리게 됩니다. 전문가들이 꼽은 가장 매력 넘치는 배역 1위에 꼽혔고, 이건우에게 아카데미상을 안겨준 배역입니다. 할리우드 배우로서의 이건우를 만들었다고 봐도 무방하지요. 그의 천문학적인 출연료는 요정왕이 있었기에 가능한 일입니다.

빛이 있으면 어둠이 있는 법!

이미지의 고착화는 배우로서 치명적일 수 있는데요.

팬들 사이에서는 '골든 시크릿'의 요정왕 이미지가 너무 강해서 다른 배역을 할 수 있을지 걱정이 많았습니다. 저희가 단독 입수한 사진을 보신다면 더 이상 그런 걱정은 하지 않으실 것 같습니다.

[사진 첨부: 이건우 고화질 전신 컷]

이건우의 전체적인 모습을 단독으로 공개합니다. 사진에서 보시다시피 '골든 시크릿' 때와는 완전히 다른 분위기입니다. 사진을 보는 것만으로도 살벌한 분위기가 흐르는데요, 기존의 이건우를 보신 분들이라면 굉장히 놀랄 것 같습니다. 요정 왕이라는 캐릭터가 전혀 생각나지 않을 정도로 강렬한 인상입니다.

아름다움을 넘어선 거친 매력!

상남자의 모습을 여실하게 보여주고 있습니다.

개인적으로 미 해군 홍보 영상에서 공개된 모습보다도 훨씬 매력적인 모습이라 생각합니다.

3. 이건우, 영화음악에 참여

아직 모르는 분들이 계셔서 언급해 드립니다. '존 리 페인'의 영화음악 작업에도 이건우 씨가 참여한다는 소식을 모르시는 분들이 많더군요.

음악의 신!

전문가들이 이건우 씨를 부를 때 쓰는 표현입니다.

이건우 씨는 이번 연도에 최다 그래미상 수상을 기록하였는데요. 그가 작사, 작곡한 1집 앨범은 모든 주요 부문에 오르고 예상대로 그래미 어워드를 휩쓸었습니다. 2년 연속 그래미를 제패한 그는 명실상부한 음악의 신입니다.

[사진 첨부: 그래미상을 잔뜩 들고 환하게 웃고 있는 이건우]

[사진 첨부: 이건우를 축하해 주는 크리스틴 잭슨, '존 리 페인'의 배우들]

그런 이건우 씨가 참여했으니 좋지 않을 리가 없겠죠. 내부 관계자의 말에 따르면 한동안 후유증이 남을 만큼 정말 대단했다고 하는데요. 살짝 공개하자면 나중에 공개될 트레일러 영상에 이건우 씨의 음악이 삽입된다고 합니다.

영화음악가로서 데뷔하는 이건우 씨가 얼마나 놀라운 모습을 보여줄지 기대가 됩니다.

4. 사건 사고?

역시 단독으로 입수한 정보입니다. 촬영장에 귀신 소동이 났다는 소식입니다. 예전의 호러 영화 '데드 존'의 촬영장일 때도 말이 많았는데, '존 리 페인'의 촬영장으로 꾸며진 이후에도 기이한 일들이 벌어지는 모양입니다. 촬영 중 여러 배우들이 귀신 웃는 소리를 들었다고 하는데, 정말일까요?

[사진 첨부: 출입이 통제된 '존 리 페인' 촬영장]

촬영 중에 귀신을 보면 대박이 난다는 이야기가 있지요.

과연 그 말이 맞는지 지켜보는 것도 하나의 재미일 것 같습니다.

이번 주 할리우드 소식은 여기까지입니다. 더욱 따끈따끈한 소식으로 찾아뵙겠습니다.

감사합니다.

댓글 2,341

파랭이: 건느님 포스 보소ㅋㅋ. 개간지네.

오리지님: 심장 떨린다. 진짜 다 씹어 먹어버릴 듯.

팽귄맨: 예고편 언제 공개함?

찾아라건우신: '골든 시크릿' 3부 처발릴 듯ㅋㅋㅋ. 지금 기존 배우들도 불화로 장난 아니라던데ㅋㅋ.

—Re: 해치웠나: 골슨 시크릿 골수팬으로서 존나 빡친다.

—Re: 찾아라건우신: ㅇㅈ. 2부에서도 스토리 괴상하게 꼬더만 3부는 아예 딴 세상 이야기 됨ㅋㅋ. 아니, 듣도 보도 못한 배우가 뜬금없이 요정왕의 화신으로 등장한다고 하네ㅋㅋ.

—Re: 야생맛: 아무래도 중국 시장 의식이 심한 듯.

—Re: 미밈: 그것도 적당히 해야지, 씨벌.

돈까스오백원: 건느님 전성기 또 갱신했네. 느낌 너무 좋다. 막 설렌다.

—Re: 반합으로쳐맞음: 지렸음.

유출된 건우의 사진은 많은 화제를 불러일으켰다. 기자가 찍은 것임에도 마치 공식 영화 스틸 컷처럼 보였다. 영국 여왕도 만족하면서 한참 동안 사진을 들여다보았다. 수십 장에 달하는 댓글까지 모두 본 여왕은 비로소 문밖에 대기하고 있는 스미스 요원을 다시 불러들였다.

"부르셨습니까?"

"잘 보았고 앞으로도 좋은 소식 부탁한다고 적어주게."

"예, 분부하신 대로 처리하겠습니다."

스미스 요원은 바로 즉석에서 일을 처리했다. 할리우드 소식 댓글란에 댓글이 하나 올라왔다.

UKQueen: 잘 보았노라. 앞으로도 좋은 소식 전해주시게.

─Re: 뭐임: ㅋㅋ이 양반 여기에도 출몰했네.

─Re: 뚝배기: 유명인임?

─Re: 뭐임: ㅇㅇ 네임드임. 건느님 관련된 곳에는 다 있음.

여왕은 마음 같아서는 특수 요원이라도 미국에 파견하고 싶었지만 사사로이 움직일 수 없었다. 이렇게 간혹 들리는 소식으로 아쉬운 마음을 달랠 수밖에 없었다.

여왕은 자리에서 일어나 긴 복도를 걸었다. 은빛으로 된 문으로 다가가 센서에 손바닥을 올리자 잠금장치가 해제되며 문이 열렸다.

들어가자마자 정면에 보이는 것은 구하기 힘든 이건우의 한정판 포스터였다.

친필 사인이 들어 있어서 더 희귀했다. 그것 외에도 건우와 관련된 물품이 전시되어 있었다. 드라마 데뷔작인 '달빛호수' 블루레이 디스크부터 시작하여 포스터, 드라마 소품, 촬영지 사진에 이르기까지 종류가 다양했다. 그녀가 가장 좋아하는 사진은 자신이 선물로 준 자동차 옆에 서 있는 이건우의 사진이었다. 여기에 오늘 촬영장에서 찍은 사진이 추가될 것이다.

여왕이 푹신해 보이는 의자에 앉았다. 붉은 버튼을 누르자 이건우의 1집 앨범이 재생되기 시작했다.

들을 때마다 머리가 맑아지고 상쾌해지니 중독되어 아침마다 듣고 있었다.

'좋네.'

눈을 감고 노래에 푹 빠졌다. 한 곡을 들으니 다음 곡을 듣고 싶고 또 그다음 곡을 듣고 싶어졌다. 결국 전 앨범을 한 차례 다 들은 후에야 감고 있던 눈을 떴다. 머리 아픈 일들을 잊을 수 있는 유일한 시간이었다.

잠시간 방에서 좋은 시간을 보내고 밖으로 나왔다. 방에서 나오자 대기하고 있던 스미스 요원이 다가왔다. 비서가 다가왔지만 여왕은 손을 들어 제지했다.

이건우와 관련된 일이 먼저였다.

"무슨 일인가?"

"기대하시던 정보가 추가로 공개되었습니다."

"음?"

스미스 요원은 짧게 말하고는 들고 있던 태블릿 PC를 여왕에게 보여주었다.

여왕은 잠시 눈을 찌푸리다가 안경을 쓰고 태블릿 PC를 바라보았다.

"오……!"

감탄사를 내뱉었다. 이건우 단독 주연의 '존 리 페인' 트레일러가 공개된 것이다. 영국 여왕은 다시 의자에 앉아 태블릿 PC를 바라보았다. 정식 예고편이 아니라 30초 트레일러였다. 여왕은 이어폰을 끼고 감상하기 시작했다.

이어폰을 통해 고막을 두드리는 저음이 들려왔다. 클래식한 느낌이 나는 음악이었다. 처음 듣는 선율인데 귀를 확 잡아당겼다. 가슴이 절로 두근거리고 긴장감으로 물들었다. 손끝에서부터 감각이 사라져 가는 느낌이었다. 의식이 점점 영상 속으로 빨려들어 갔다.

깜빡이는 불빛 아래 누군가가 서 있었다. 피 묻은 손이 느릿하게 와이셔츠의 단추를 잠갔다. 검은 정장을 입고 고개를 숙인 남자 앞에는 각종 총기와 날붙이가 깔려 있었다.

조용해진 음악과 함께 그의 거친 숨소리가 들려왔다. 음악에 섞여 들어가며 몽환적인 분위기를 연출했다.

남자가 곧 무너질 듯이 비틀거렸다. 하얀 와이셔츠가 점점 붉게 물들어가고 있었다.

[존…….]

여인의 목소리가 들려왔다. 귓가에 속삭이듯 들리는 목소리는 몽롱하던 정신을 깨웠다. 여왕도 그것을 느꼈다. 영상에 의식이 빨려들어 가며 몽롱해졌다가 각성하듯 정신이 든 것이다. 그런 느낌을 받은 후 영상이 더 선명하게 보이는 것 같았다.

남자가 고개를 천천히 들었다. 치지직거리며 반짝이는 조명이 거울을 비추었다. 옆에서 비치는 조명을 받아 오른쪽 얼굴만 드러났다. 보는 것만으로도 베일 것 같이 날카로운 눈빛이었다.

분노와 증오를 담고 있는 눈빛은 점점 광기로 물들었다.

[존!]

여성의 날카로운 외침이 들려왔다. 그의 입꼬리가 천천히 올라가는 순간 트레일러가 끝났다. 원래도 짧은 30초 트레일러였지만 한순간처럼 느껴졌다.

트레일러 영상은 너무나 강렬했다.

진한 향기가 화면 너머로 전해져 지금 이 공간에 감도는 것 같았다.

여왕은 멍하니 화면을 바라보다가 다시 트레일러를 돌려봤다. 보통이라면 건우의 모습을 보고 흐뭇한 미소를 지어야 했지만 지금은 아니었다. 뭐라고 표현해야 할지 형용할 수 없는 기분이 되었다.

마치 영상이 연기로 변해 몸속으로 빨려 들어온 것 같은 그런 느낌이었다. 그 연기가 심장에 스며들어 심장을 마구 뛰게 만들었다.

몸속에 흐르는 피가 달궈지며 짜릿한 감각을 선사해 주었다. 그렇게 가만히 앉아서 열 번은 더 본 것 같았다.

"후우……."

여왕은 숨을 내쉬며 두근거리는 가슴을 진정시켰다. 스미스 요원이 조심스럽게 입을 떼었다. 사소한 것이라도 보고하는 것이 그의 임무였다.

"보고드릴 것이 하나 더 있습니다."

아직 여운에 빠져 있는 여왕이 고개를 끄덕이자 스미스 요원은 정중하게 말을 잇기 시작했다.

"존 리 페인'의 트레일러가 공개되고 얼마 뒤에 '골든 시크릿' 3부의 트레일러가 올라왔습니다. 똑같은 30초 분량의 트레일러더군요."

"음······."

"'존 리 페인'은 코믹콘을 통해 발표회를 가진 뒤 정식 예고
편을 공개한다고 하는데, 라인 브라더스 측에서도 '골든 시크
릿' 3부를 똑같이 행사를 가질 예정입니다. 똑같은 시간대에
진행한다더군요."

라인 브라더스 측에서 일부러 저격하고 있었다. '존 리 페인'
의 스케줄이 먼저 발표되었는데, 모든 것이 겹치고 있었다. 심
지어 개봉 예정일도 똑같았다. 라인 브라더스 측에서 '존 리
페인'을 라이벌로 삼은 것이다.

대단한 자신감이었다. 정면 승부라는 타이틀을 내걸고 마
케팅하기에도 좋았다.

조건은 '존 리 페인'이 많이 불리했다. 라인 브라더스가 대
형 배급사이다 보니 상영관도 더 많을 테고, 결정적으로 '골든
시크릿'은 1, 2부 모두 12세 관람가였다. '존 리 페인'은 19세 관
람가가 될 것이 확실했다.

여왕의 표정은 좋지 않았다. 2부가 흥행에서 참패했다고는
하지만 그나마 3부를 기획할 수 있을 수익을 낸 것은 잠깐 카
메오로 출연한 이건우 덕분이었다. 본편보다 오히려 쿠키 영
상이 더 유명했다. 쿠키 영상과 요정왕을 보기 위해서 극장에
갔다는 팬들도 많았다.

"'골든 시크릿'의 트레일러를 보시겠습니까?"

여왕이 고개를 끄덕이자 요원이 '골든 시크릿' 3부의 트레일러를 틀어주었다. 여왕은 눈썹을 찌푸리며 트레일러를 바라보았다.

[전설은 끝났다!]

익숙한 배우들의 얼굴이 보였다. 다급한 표정으로 연기를 하고 있는 것 같았는데 대단히 밋밋하게 느껴졌다. '존 리 페인'의 강렬한 트레일러를 봐서 더욱 그렇게 느껴졌다.

"음?"

새로운 인물들이 나왔다. 귀가 뾰족했는데, 엘프인 것 같기는 했다. 그러나 엘프라기에는 조금 이상했다. 어딘가 모르게 어설픈 느낌이 강했다.

중국 배우 하나가 이건우가 입은 요정왕의 복장을 하고 중국풍의 검을 들고 있었는데 어이가 없을 정도였다. '골든 시크릿' 원작에서는 등장하지 않는 오리지널 이야기를 가미한 것 같았다.

[전설이 계승된다!]

중국 배우에게 엘프들이 무릎을 꿇는 것으로 트레일러가 끝났다.

'골든 시크릿' 3부는 역대 최고의 제작비로 제작되었다. 여러 가지 내부 사정이 있는 것으로 보였다.

여왕은 고개를 설레설레 저었다. 너무나 평범해 전혀 기대가 되지 않았다. 게다가 새로운 요정왕을 만들려고 하는 것이 너무 노골적으로 보였다.

1편의 흥행 원인은 요정왕이 맞았다. 그 캐릭터가 지닌 파워는 워낙 막대해 지금도 인기 캐릭터 1순위에 있을 정도였다.

요정왕이라는 캐릭터가 매력적인 것도 있었지만 가장 큰 이유는 이건우가 연기했기 때문이다. 대체한다고 될 수 있는 것이 아니었다.

이건우는 요정왕 그 자체였다. '골든 시크릿'의 팬들 사이에서는 종교 수준이었다.

여왕은 트레일러를 보고서 비로소 웃을 수 있었다.

'걱정할 필요 없겠네.'

벌써부터 미래가 그려지는 듯했다.

"스미스 요원, 앞으로 잘 주시해 주게. 새로운 소식이 생기면 바로 보고하도록."

"예, 폐하."

여왕은 미소를 지었다.

시간이 가고 세월이 가는 것이 즐겁게 느껴지는 것은 덕질에 빠지고 난 이후부터였다. 이건우의 행보를 기다리는 것이 너무나 즐거웠다.

마음속이 젊음으로 차오르고 있는 것 같았다. 여왕이 비서를 바라보자 스미스 요원이 물러나고 비서가 다가왔다.

"오늘 일정은?"

"네, 안내해 드리겠습니다."

대기하고 있던 비서가 웃으면서 일정을 안내해 주었다.

"축하 선물로 뭐가 좋을 것 같은가?"

"검토해 보겠습니다."

여왕은 그래미상을 탄 이건우에게 축하 선물을 보내고 싶었다. 그렇게 즐거운 고민을 하며 기분 좋게 하루를 시작할 수 있었다.

4. 라이벌?

영화 촬영은 어느덧 중반부를 지나고 있었다. 진부한 스토리 전개보다는 액션신에 거의 모든 역량이 집중되어 있었다. '존 리 페인'의 배경 이야기를 이해하지 못할 수도 있었기 때문에 잭은 중간에 이야기를 돕는 아이템들을 설치해 지루하지 않게 설명할 수 있는 방식으로 이야기를 전개했다.

잭은 마음껏 자신의 생각과 연출을 그려 넣을 수 있었다. 조나단도 마찬가지였다. 늘 생각만 하고 구현하지 못한 것들을 '존 리 페인'에 구현했다. 건우는 또한 스턴트맨의 도움 없이 모든 장면을 직접 소화했다.

이런 장면까지 직접 연기해야 하나 싶을 정도였다. 위험해 보였는데 건우가 오히려 열정적으로 소화하니 다른 배우들은 할 말이 없었다.

가장 제작비가 많이 들어간 것은 시가지에서 있던 자동차 추격신이었다. 자동차 추격신이 워낙 격렬하다 보니 건우가 부상을 입은 척해야 하는 장면에서도 정말 부상을 당하지 않았는지 우려되는 경우도 있었다.

잠시 후 촬영에 들어갈 헬리콥터 액션신도 각별한 주의를 요구했다. 안전 점검만 수차례 했지만 부족하게 보일 정도였다. 실제 상공을 날고 있는 헬리콥터에서 모든 장면을 소화해야 했기 때문이다.

건우의 액션 장면은 메이킹 필름에 담기고 있었다. 요즘 다음 편을 예고하는 쿠키 영상이 대세인데 '존 리 페인'은 속편은 계획되지 않았다. 쿠키 영상 대신 엔딩 크레딧에 메이킹 필름과 NG 영상을 넣을 생각이었다.

커다란 건물의 옥상에서 잭이 준비에 한창인 건우에게 다가왔다.

"괜찮겠어?"

"진심으로 묻는 거예요?"

"당연히 아니지. 네가 해주는 편이 훨씬 좋거든."

잭의 대답에 건우는 피식 웃었다. 위험성이 있는 액션신을 찍기 전에 잭은 항상 건우에게 의사를 물었다. 스턴트맨을 쓰는 것보다 건우가 직접 액션을 하는 것이 그림이 훨씬 좋았다. 오히려 스턴트맨이 어설프게 보일 정도였다.

"헬기에 매달리는 거, 어릴 적에 꼭 해보고 싶었죠."

"하하, 꿈을 이루게 해줘서 기쁘구만."

어릴 적에는 그러한 장면들이 참 재미있어 보였다. 그냥 매달리는 것이 아니라 연기까지 해야 했다. 건우는 조나단과 이야기를 나누다가 촬영이 시작되자 집중하기 시작했다.

카메라가 돌아갔다.

건우는 빌딩 안에서 우선 옥상으로 이어지는 액션을 찍었다. 반 스타뎀, 그리고 스턴트 팀원과의 싸움이었다. 건우의 총기 액션은 이제 완전히 자리 잡아서 스턴트 팀원과의 연계도 물 흐르듯 자연스러웠다.

그럼에도 불구하고 좋은 장면이 나올 때까지 계속 다시 찍었다. 스턴트 팀원들은 몸을 아끼지 않았다. 카메라가 없다고 가정한다면 진짜 생사를 놓고 싸우는 것처럼 보였다.

오늘 촬영 중 가장 긴 액션신 촬영이 이어졌다.

"억?!"

"큭!"

건우도 카메라가 돌아가고 있을 때만큼은 사정을 봐주지 않았다. 물론 내력으로 몸을 보호해 주고 있어 큰 부상으로 이어지지는 않았다. 계단을 마구 구르거나 난간에서 떨어졌다. 그냥 보기에는 엄청 아파 보였다.

물론 건우가 연기하는 존 리 페인이 더 아파 보였다.

존 리 페인은 터미네이터가 아니었다. 복수를 향한 길은 존 리 페인 본인에게도 고통의 연속이었다. 이곳저곳 찢어지고 피에 흠뻑 젖어 있었다. 얼굴에도 상처가 가득했다. 분장도 좋았지만 건우가 연기하니 모든 것이 진짜같이 느껴졌다.

우당탕!

건우가 총에 맞고 나가떨어지는 장면이 이어졌다. 뒤로 넘어지며 계단을 마구 굴렀다. 방탄조끼 덕분에 살았지만 닥쳐오는 고통 때문에 바닥에서 비틀거려야 했다.

계단을 구르다가 난간이 부서지는 바람에 날카로운 파편이 건우의 팔을 찔렀다. 내력으로 몸을 보호했다면 상처 하나 나지 않을 수 있었지만 적당히 조절해 피부에 생채기가 났다. 다른 사람이었다면 근육까지 손상되었을 것이다.

건우는 오히려 이러한 화끈한 고통이 더 연기에 몰입하기에 좋다고 생각했다.

계단 액션신의 촬영은 롱 테이크로 이어졌기 때문에 여기서 멈춘다면 다시 찍어야 했다. 카메라가 움직이는 롱 테이크는 이런 액션의 현실성을 더 부각시켜 주고 관객들이 더욱더 쉽게 몰입을 할 수 있도록 해주었다. 거기에 건우의 연기가 더

해지니 그야말로 금상첨화였다.

잭은 건우의 팔에 흐르는 피를 보고 촬영을 멈추려고 했지만 건우가 연기를 이어가자 멈추게 하지 않았다.

반 스타뎀이 바닥에서 간신히 비틀거리며 일어나는 건우에게 달려들었다.

서로 엉켜서 권총을 쏘는 총기 액션이 이어지고 총알이 다 떨어지자 육탄전으로 이어졌다. 건우가 진짜 자신의 피에 물든 손으로 반 스타뎀의 얼굴을 움켜잡았다. 반 스타뎀이 졸지에 건우의 피로 피투성이가 되었지만 연기를 계속했다. 그런 것이 하나도 신경 쓰이지 않았다. 건우에게 푹 빠져 연기를 하고 있었기 때문이다.

"크윽!"

"윽!"

둘의 몸이 벽에 마구 부딪치고 바닥을 여러 차례 굴렀다. 그러다가 둘이 엉키면서 계단을 다시 굴러떨어졌다. 너무나 처절하고 치열한 싸움은 건우가 반 스타뎀의 목을 꺾으면서 끝났다.

오케이 사인이 바로 떨어졌다.

"빨리 구급상자 가지고 와!"

스태프의 말이 들려왔다. 반 스타뎀도 걱정스러운 눈으로 건우를 바라보았다.

"대장, 피가 줄줄 흐르는데……."

"그냥 까진 거야. 그것보다 네 얼굴, 미안하게 됐어."

건우의 피로 얼굴을 떡칠한 반 스타뎀이 씨익 웃었다. 유난히 하얀 이가 돋보였다.

"이건 영광이지. 일주일 동안 세수 안 하려고."

"좋은 생각이야."

건우는 피식 웃으면서 응급처치를 받았다. 잭이 병원에 가보는 것이 어떻겠냐고 말했지만 건우는 촬영을 계속 이어가기로 했다. 병원에 갈 정도의 상처는 아니었다. 벌써 아물고 있었기 때문이다.

바로 옥상에서 헬리콥터 신이 이어졌다.

비틀거리면서 옥상으로 올라온 존 리 페인이 헬리콥터가 떠나는 것을 보고 전력 질주 해서 매달리는 장면이었다.

건우는 망설임 없이 달리며 옥상에서 점프해 헬리콥터의 발에 매달렸다. 건우에게는 있든 없든 상관없었지만 당연히 안전장치는 되어 있었다. 카메라가 위에서 아래로 건우와 점점 멀어져 가는 옥상을 찍고 있었다.

헬리콥터 전투신은 스튜디오에서 촬영된 상태였고 건우는 매달린 채 연기만 하면 되었다. 헬리콥터가 건물에 부딪치고 건물을 파고들어 구르는 건 실제로 할 수 없는 것이었으니 CG를 이용해야만 했다.

건우는 일부러 한 손으로 버티고 있다가 아슬아슬한 느낌을 주며 몸을 올렸다. 예정에는 없는 장면이었지만 처절한 느낌이 났다.

그렇게 한동안 매달린 채로 연기를 펼쳤다.

만족스러운 연기가 끝나고 헬리콥터가 천천히 다시 옥상으로 다가왔다.

'재미있는데?'

공중을 나는 기분이 대단히 좋았다. 건우가 아무리 인간을 벗어난 힘을 지니고 있어도 이처럼 공중을 날 수는 없었다. 단지 허공답보를 이용해 잠시간 공중에 있을 수 있을 뿐이었다. 이처럼 높은 고도 역시 무리였다.

도심의 경치를 바라보면서 즐기고 싶었지만 건우는 다시 옥상으로 내려왔다.

짝짝짝!

스태프와 배우들이 박수를 쳐주었다. 잭이 엄지를 치켜들었다.

"무사 생환을 축하해. 다음에는 비행기에 매달려 보는 건 어때?"

"속편이 제작된다면 고려해 볼게요."

건우가 그렇게 말하며 웃었다. 오늘 새벽부터 한 촬영은 여기까지였다. 잭이 촬영이 끝났음을 알리자 모두 다시 박수를 치며 서로를 격려해 주었다.

촬영 분위기는 너무나 좋았다. 이보다 좋을 수 없을 정도였다. 건우가 결정적인 역할을 하고 있기는 하지만 잭이 모은 스태프 대부분이 열정과 선함을 동시에 지니고 있는 이들이었다.

배우들은 건우가 꽉 잡고 있었다.

촬영이 끝나서 숙소로 돌아가려는데 록과 반 스타뎀이 심각하게 무언가를 보고 있는 것이 보였다.

"이런 후려쳐 죽일 놈을 봤나."

"음, 바다에 묻어버리고 싶군."

록과 반 스타뎀은 꽤 흥분해 있었다. 건우가 궁금해서 다가갔다.

"무슨 일인데 그래?"

록과 반 스타뎀이 잠시 눈치를 보다가 핸드폰을 보여주었다. 일단 기사 제목이 눈에 띄었다.

〈장양, '나는 전대 요정왕을 뛰어넘었다'〉

〈전대 요정왕? 고리타분〉

〈장양의 거센 발언, '라이벌? 연기는 내가 좀 더 나을지도'〉

〈장양, '무조건 찬양하는 팬들, 독이 될 수도'〉

<골든 시크릿', 타 영화와 비교를 불허한다!>
<원작 훼손? 원작을 뛰어넘는 대작이 될 것>

제법 재미있는 기사들이었다. 장양이 누군지는 모르지만 제법 자신감이 넘치는 모습이 보기 좋았다. 행운을 빌어주고 싶을 정도였다.

'골든 시크릿'에 관한 기사도 패기가 넘쳤다.

'할리우드라면 저렇게 건방져도 괜찮지.'

개성이 강한 것도 장점이 될 수 있었다. 물론 실력이 뒷받침 되어야 개성이라 불릴 수 있었다.

록과 반 스타뎀은 그렇게 생각하지 않는 모양이었다. 감히 자신들의 대장인 건우를 걸고넘어지니 열이 받는 것이다. 더 군다나 그들에게 있어서 장양은 '존 리 페인'을 노골적으로 경 계하면서 걸고넘어지는 '골든 시크릿'의 배우였다.

록이 장양의 SNS를 보여주었다.

장양, 레이먼드 장.

구시대의 유물은 언제나 묻혔고, 새로운 흐름이 들어섰다.

두려움? 당연히 있다. 그러나 나는 숭고한 정신을 이어나 가며 내 역할을 완수할 것이다.

좋은 배우는 팬의 숫자로 이야기하지 않는다. 오로지 연기로써, 스크린에 비치는 모습으로서 말해야 한다.

나? 제2의 이건우가 아니다.

나는 연기를 하는 배우이다.

이건우?

넘어야 할 산일 뿐이다.

모두의 머릿속에 나의 이름을 각인시킬 것이다.

이곳에서 선언한다.

무엇을 상상하든 그 이상을 보게 될 것이다.

이미 페이스클럽의 80%가 나를 지지하고 있다.

#장양#신시대의요정왕#대세

"오⋯⋯."

장양, 미국 이름은 레이먼드 장이었다.

건우는 장양의 SNS를 보며 살짝 감탄했다. 대단한 패기였
다. 요즘 건우에게 이런 식으로 도전해 오는 이는 없었다. 워
낙 팬들의 화력이 강력해서였다. 그런데 이런 자신감을 보여
주니 꽤 기특해 보였다. 예전에 건우에게 덤빈 이들은 모두 무
참하게 깨져 지금은 겨우 연명만 하고 있을 뿐이다.

'구시대인가.'

활동을 그리 많이 하지 않은 것 같은데 벌써 구시대 취급
을 받으니 뭔가 신선했다. 이제 건우는 신인이 아니었고 후배

라 부를 수 있는 이들이 상당히 많아졌다. 그래도 구시대라 불릴 정도는 결코 아니었다.

아무튼 건우는 그의 자신감과 패기를 응원해 주고 싶었다.

데이비드도 옆으로 다가와 있었다. 그는 장양의 SNS를 보고 인상을 찌푸렸다.

"80%가 지지한다고? 참 나, 다 차단해 놓고서는 기괴한 소리를 하고 있군요. 지네끼리 물고 빨고 하는 모습이 눈에 선합니다. 대장님, 신경 쓰지 마시죠. 저희 선에서 처리하겠습니다."

"아니, 제발 그냥 참아줘."

데이비드의 표정이 섬뜩했다. 무슨 사고라도 날까 싶어 건우가 말렸다. 가끔 이들의 과잉 충성이 문제가 되었는데, 요즘은 스태프들도 그러려니 했다.

"아, 오늘 정말 고생 많으셨습니다. 내일도 잘 부탁드립니다."

"그래, 열심히 해보자고."

데이비드의 정중한 말에 건우가 웃으면서 대답했다. 어쨌든 '골든 시크릿'팀과의 만남은 곧 있을 것 같았다. 코믹콘 행사 때 같은 날, 같은 시간에 참여하기로 되어 있기 때문이다.

'잘해줬으면 좋겠는데.'

건우는 '골든 시크릿'에 애정이 있었다. 물론 그렇다고 그들이 '존 리 페인'을 넘어설 거라고는 생각하지 않았지만 그래도 대장정의 막이 좋게 내려지길 바랐다.

$$* \qquad * \qquad *$$

뉴욕에서 있던 촬영 이후에도 순조롭게 촬영이 이루어졌다. 워낙 액션신이 많다 보니 자잘한 부상이 있었지만 큰 문제가 될 정도는 아니었다.

워낙 촬영장 분위기가 좋다 보니 그 어떤 불만도 나오지 않았다. 건우가 나설 필요도 없이 록과 반 스타뎀이 알아서 적극적으로 분위기를 주도했는데, 덕분에 건우는 편하게 연기에 몰두할 수 있었다.

1차 예고편도 완성되었다. 보통 영화 촬영이 모두 마무리되고 예고편이 만들어진다고 생각할 수 있겠지만 그렇지 않았다. 영화 촬영이 끝나기 전에, 심지어는 영화 촬영 초반부에 만들어지기도 했다. '존 리 페인'의 경우에도 촬영 일정이 꽤 남았지만 예고편이 제작되었다. 예고편 같은 경우에는 전문 업체에 외주를 주는 경우도 있었지만 잭이 유니크 스튜디오에서 자체적으로 만들었다. 이번 예고편에서는 리더가 자신의 실력을 선보였는데 내부적으로 자체 검토하더니 다들 굉장히 만족하고 있었다.

이제는 전 스태프는 물론 배우들까지 리더를 상당히 의지하고 있었다. 리더는 말을 많이 하기보다는 들어주는 성격이었기 때문에 스태프들의 고민도 자주 들어주고 있었다.

　록이 씨익 웃으면서 더블백을 한 손으로 들었다. 군인이나 쓸 법한 밀리터리 더블백이었다. 복장도 그러했는데, 마치 파병을 갔다 온 특수부대 같은 모습이었다. 건우의 기운 덕분에 전보다 더 밀도가 높아진 근육은 이제는 거의 인간 흉기처럼 보였다. 격투기 선수로 다시 돌아가도 충분히 좋은 성적을 낼 수 있을 것 같았다. 아니, 어쩌면 제패할지도 몰랐다. 그만큼 육체 능력이 많이 상승해 있었다.

　'전생이었다면 좋은 무인이 되었겠지.'

　아마 못해도 일류고수는 되지 않았을까?

　그런 생각이 들자 웃음이 나왔다.

　"대장, 오랜만에 LA로군."

　"그러네."

　록의 말에 건우는 고개를 끄덕이며 대답했다.

　록의 뒤로 록과 비슷한 복장을 한 배우들이 있었다. 건우를 제외하고 모두 맞춰 입은 것 같았다. 건우에게는 권하지 않는데, 슬쩍 물어보니 반 스타뎀이 '원래 대장은 아무거나 입어도 돼. 대장의 특권이야'라고 했다.

다행이라면 다행이었다. 건우는 아무리 멋진 옷이라도 군복 느낌이 나는 것은 더 이상 입기 싫었다.

아무튼 LA에 도착하니 기이하게도 고향에 온 느낌이 들었다. 미국의 다른 도시보다도 LA가 제일 정감이 갔다.

건우와 배우들은 조금 바쁜 일정을 보내고 있었다. 어제 촬영을 마치고 바로 LA로 넘어온 것이다. 이번에 LA에서 새롭게 열리는 LA 코믹콘 참가 때문이었다. 영화 홍보에 관한 마케팅 비용이 엄청났는데, 코믹콘에 참가함으로써 어느 정도 절감할 수 있었다. 물론 건우가 있었기에 큰 홍보는 필요 없어 마케팅에 들어갈 비용을 많이 아낄 수 있었다.

공항에 내리니 배우들의 얼굴에서 설렘이 보였다. 지금까지는 촬영장으로 아주 비밀스럽게 이동했지만 오늘의 스케줄은 이미 공식적으로 다 알려진 상태였다. 록을 포함한 여러 배우들은 기자들에게 자신들의 모습을 보여주고 싶어 했다.

건우는 흥분했음이 여실히 드러난 록의 표정을 바라보며 피식 웃었다.

"록, 코믹콘은 가봤어?"

"매년 가고 있지. 대장이 나온 샌디에이고 코믹콘도 가봤어. 중간쯤에 앉아 있었는데, 크흐! 그때 엄청 감동했었어."

"그래?"

건우가 처음 참여한 코믹콘에 있었던 모양이다. 록은 그때를 생각하며 눈빛이 아련하게 변했다.

"그때는 내가 대장과 같이 연기를 하리라고는 상상도 하지 못했어. 인생은 역시 알 수 없다니까. 지금 날 개무시한 놈들은 똥줄이 타고 있을걸."

배우에게도 등급이 있다는 것은 대외적으로 알려지진 않았지만 엄연한 사실이었다. 록은 건우와 같이 연기를 한 것만으로도 급격한 등급 상승을 경험하고 있었다. 그 덕분에 최근에 좋은 에이전시에 들어갔다. 건우는 록이라면 그럴 자격이 있다고 생각했다. 연기에 대한 열정이 그 누구보다도 뛰어났다.

록은 무언가 생각났는지 손바닥으로 자신의 주먹을 주물렀다.

"반, 오늘 드디어 그놈의 낯짝을 볼 수 있겠군."

"그렇군. 내 앞에서도 그 잘난 입을 얼마나 나불거릴 수 있을지 지켜봐야겠어."

록의 말에 호응하듯 반의 근육이 꿈틀거렸다. 약간 달라붙은 옷이 팽창하는 것이 눈에 보였다. 옆에 있던 리더가 슬쩍 자리를 피해 건우에게 다가왔다.

리더는 무언가 바리바리 싸왔는데 궁금해서 건우가 바라보니 수줍게 웃었다.

"그… 코믹콘이잖아."

기분을 내기 위해 여러 가지 소품을 들고 온 리더였다. 고개를 돌려 잭을 바라보았다. 잭은 벌써부터 마법사용 모자를 쓰고 있었다. '골든 시크릿'의 현자가 쓰는 모자였는데, 기자들이 많이 몰려올 것이 뻔한 공항에서 저런 모자를 쓰고 있다는 것은 역시 여러 의미가 포함되어 있었다.

'개봉 예정일까지 겹친다고 했던가? 스틸 컷 공개 날짜도 똑같았고.'

라인 브라더스 픽처스에서는 노골적으로 '존 리 페인'과 '골든 시크릿' 3부를 라이벌 구도로 만들고 있었다. 그러면서 건우와 장양의 관계 역시 그렇게 몰아갔다. 물론 후자의 경우에는 정말 턱도 없는 일이었다.

장양의 발언과 합쳐져 엄청난 욕을 먹고 있지만 장양은 오히려 그런 사람들을 도발하고 있었다.

장양, 레이먼드 장.
팬을 보면 그 스타를 알 수 있다.
나에게 열등감을 가지고 있는 것이 아닌가?
#요정왕장양#진정한배우#골든시크릿황제의강림

노이즈 마케팅인지 뭔지 잘 모르겠지만 어쨌든 자신만만한 발언을 이어가고 있었다. 건우는 그 패기와 자신감을 크게 칭찬해 주고 싶었다.

건우와 라이벌 구도를 형성한 이들은 꽤 있었다. 가수도 있고 배우도 있었다. 그러나 그 끝은 처참했다. 그 이유는 간단했다. 실력으로 증명해 내지 못했기 때문이다.

지금도 흑역사가 되어 그들을 따라다니고 있었다. 장양이라는 배우의 안위를 생각해서 자신과 얽히지 않았으면 했지만 말리기에는 이미 많이 늦어버렸다.

장양은 자신에게 쏟아지는 관심에 취해 있었다.

'실력이 꽤 있었으면 좋겠는데.'

건우는 부디 그러기를 바랐다.

발언은 자유였지만 그 책임과 대가는 본인이 온전히 져야 했다. 건우는 그것까지 신경 쓸 정도로 착하지 않았다.

건우는 어찌 되었든 상관없다고 생각하고 있었지만 배우들과 스태프들은 적지 않게 스트레스를 받은 모양이다. 코믹콘에 참가하기 전부터 '골든 시크릿'과 라인 브라더스 픽처스에 대한 적의를 불태우고 있었다. 라인 브라더스 픽처스의 유니크 스튜디오를 걸고넘어지는 언론 플레이는 약간 치졸하게 느껴질 정도였다. 물론 꼭 나쁜 것만은 아니었다. 공공의 적이 생기니 촬영진 내부적으로는 더욱 결속되었기 때문이다.

게이트 밖으로 나오니 공항에는 엄청나게 많은 기자와 팬들이 몰려 있었다. 록과 반 스타뎀은 물론 다른 배우들도 그 인파에 놀라며 환한 웃음을 지었다.

"꺄아아악!"

"건느님!"

"이건우! 이건우!"

대부분은 건우의 팬이었지만 배우들은 손을 흔들며 팬서비스를 해주었다. 특히 록은 화려한 퍼포먼스까지 선보였다. 쏟아지는 관심이 대단히 좋은 모양이었다. 록은 스마트폰을 꺼내더니 자신과 몰려온 인파를 찍었다.

안타깝지만 안전 때문에 오래 머무를 수는 없었다. 대기하고 있는 버스에 오르니 흥분을 감추지 못하는 배우들의 모습이 보였다.

록은 방금 찍은 사진을 보며 눈시울을 붉혔다.

"크흐, 이런 날이 오는구나."

"역시 대장만 따라가면 돼. 나는 영원히 대장 라인에 남을 거야."

반의 말에 록이 고개를 끄덕였다. 록은 진지한 눈으로 건우를 바라보았다.

"평생 따라갈 거야, 대장. 한국까지 쫓아간다."

"나도 간다."

"저도 갑니다."

반과 데이비드가 손을 올리며 말했다. 충성심 넘치는 부하가 생긴 건 좋은 일이지만 조금 한숨이 나오기는 했다. 눈 밖에 있으면 무언가 사고를 칠 것 같아서였다.

옆에 있던 리더도 눈치를 보다가 손을 슬쩍 올렸고, 잭은 통쾌하게 웃으면서 건우와 어깨동무를 했다.

잭은 불타오르고 있었다.

"오늘 놈들의 그 빌어먹을 자신감을 아주 박살 내버리자고! 감히 이건우가 있는 유니크 스튜디오에 싸움을 걸어오다니!"

"박살 내자!"

"우아아!"

"더러운 판타지 놈들!"

잭이 외치자 배우들이 마치 전쟁터에 나가는 군인들처럼 소리쳤다. 잭은 오늘을 위해 칼을 아주 날카롭게 갈고 있었다.

말릴 분위기가 아니었다.

"꺄악! 없애 버려용!"

그나마 얌전하던 줄리아도 어느새 동화되어 버렸다. 줄리아는 얼마 전에 촬영 분량을 모두 마치고 하차했는데, 코믹콘을 위해 일부러 남아 있다가 이렇게 같이 오게 되었다.

"걱정되네."

건우의 옆자리에 앉아 있던 리더가 말했이. 건우가 리더를 바라보았다.

"걱정?"

"응. 진짜 난입해서 박살 낼 것 같아. 음, 생각해 보니 나름

대로 괜찮을 것 같기는 하네. 노이즈마케팅이라는 것도 있잖
아?"

"에이, 설마."

설마 그럴 리가 있을까?

"우오오오오!"

"으아아아!"

"꺄아악!"

기이한 환호성이 들려왔다. 버스 안의 분위기가 굉장했다.

"…내가 말려볼게."

건우는 그렇게 말할 수밖에 없었다.

그럴 리는 없으리라 믿고 싶었지만 리더의 말이 현실이 될
것 같은 예감이 들었기 때문이다.

＊　　　　　　＊　　　　　　＊

LA 코믹콘은 샌디에이고 코믹콘 때보다 규모가 훨씬 컸다.
정식 영화제 같은 느낌도 났고, 실제로 많은 배우들과 감독들
을 초청해 행사를 가졌다. 영화 팬들에게는 축제와 같은 행사
여서 평이 굉장히 좋았다.

극장에서는 만나볼 수 없는 영상물도 감상할 수 있어 코믹
콘에 늘 오던 사람들뿐 아니라 다양한 장르의 영화 팬들까지

대거 몰려왔다.

물론 최고의 기대작들도 코믹콘에 참여해 자리를 빛내주었다.

코믹콘에서 가장 큰 비율을 차지하는 것은 역시 '골든 시크릿'이었다. '골든 시크릿'은 미국에서 가장 두터운 팬 층을 자랑했다. '갤럭시 게이트'나 '유니버스 워즈' 같은 걸출한 SF 작품들도 있었지만 '골든 시크릿'이 영화화된 이후에는 비견할 수 없는 원톱으로 꼽혔다.

비록 2부가 기대 이하의 모습을 보여주기는 했지만 그렇다고 해서 팬들이 어디 가는 것은 아니었다. 많은 수의 팬들이 오크나 엘프를 코스프레하며 LA 코믹콘을 가득 채우고 있었다. 그러나 기이하게도 즐거운 분위기만은 아니었다.

역대 최고의 규모로 열린 코믹콘을 느긋하게 구경하고 싶었지만 버스가 빠르게 전용 주차장으로 향했다. 비행기 도착 시간이 제법 일러서 행사 시작 전까지 꽤 오랜 시간 동안 대기실에서 기다려야 했다. 대기실은 넓고 쾌적해서 기다리기 좋았지만 건우는 코믹콘을 둘러보고 싶었다. 샌디에이고 코믹콘도 재미있게 둘러본 기억이 있어서였다. 기왕 왔는데 행사만 하고 가기에는 너무 아쉬웠다. 더군다나 이번 LA 코믹콘은 사상 최대의 규모로 이루어지고 있었다.

마침 잭이 현장 스태프와 일정에 대해서 이야기하고 대기실로 들어왔다.

"잭, 바빠요? 저는 나갔다 오려고 하는데."

"아! 난 이야기할 게 좀 있어서. 나간다고? 근데 네가 나가면 난리가 날 텐데. 아마 LA 시민들이 모두 몰려올걸?"

"에이, 그 정도는 아니에요. 절반 정도만 몰려오겠죠."

"하하!"

농담 삼아 대답하긴 했지만 분명 난리가 나긴 할 것이다. 건우를 제외한 다른 배우들은 그냥 나가더라도 큰 문제는 나지 않을 인지도였다. 때문에 록과 반 스타뎀을 포함한 배우들은 팬서비스를 잠깐 하러 밖으로 나간 상태였다. 격렬하게 관심을 받고 싶어 하는 그들다운 행동이었다. 그래도 가이드라인 내에서 서비스를 해주는 것이니 큰 문제는 없을 것이다. 그들의 덩치와 운동신경을 생각하면 위험 요소도 별로 없고 말이다. 아마 록과 반 스타뎀이라면 칼을 들고 덤비는 것 정도는 어떻게든 막아내지 않을까 싶었다.

그러나 역시 건우라면 이야기가 달라졌다. 워낙 유명했기 때문이다. 오히려 한국에서보다 더 돌아다니기 힘들 정도였다. 아마 보안 요원들이 무척이나 힘들어할 것이다.

은밀하게 가면이라도 구해볼까 생각했는데, 리더가 건우를 불렀다.

"이거 쓰면 괜찮을 것 같아."

가방에서 무언가 주섬주섬 꺼내주었다. 대단히 리얼한 오크 가면이었다. 영화 소품장에서나 볼 수 있을 퀄리티였다. 얼굴을 전부 가렸고, 굉장히 큰 크기 때문에 누가 쓰더라고 비율이 이상하게 보였다. 시야도 확실히 확보할 수 있도록 만들어져 있었다.

"오, 괜찮은데?"

"예전에 미튜브 영상 촬영할 때 직접 만든 거야."

리더는 다른 소품들도 주섬주섬 꺼내 보였다. 소품 하나하나 모두 대단한 수준이었다. 리더는 영화 행사를 위해 온 것보다는 코믹스를 즐기러 온 팬 같았다.

잭이 그 모습을 보고 피식 웃었다.

"오크 머리를 보니 옛날 생각이 나는구만."

잭의 얼굴 위로 여러 심경이 교차하는 것 같았다.

잭은 잡지사와 인터뷰도 해야 하고 오늘 공개하는 영상에 관련해 이야기할 것이 많아 대단히 바빴다. 즉석에서 질문이 이루어질 것 같았지만 스태프들은 미리 질문할 것들을 잭에게 알려줘 사전 준비를 할 수 있게끔 해주었다.

건우에게도 인터뷰 제의가 쏟아졌지만 방패막이 역할을 한 잭 덕분에 거절할 수 있었다.

촬영 강행군으로 잭 자신도 피로했지만 배우들에게 개인적인 시간을 주고 긴장된 분위기를 풀어주려고 노력하고 있는 것이다. 그 부분은 존경스럽게 느껴졌다.

'속이 참 깊은 사람이야.'

건우는 잭을 보며 그렇게 생각했다.

자신보다 남을 더 생각하는 자세는 쉬워 보일지 몰라도 아무나 할 수 있는 것이 결코 아니었다.

"잭, 힘내요."

그렇게 말하고 오크 가면을 쓴 건우는 슬쩍 대기실을 빠져나왔다.

직접 돌아다녀 보니 LA 컨벤션센터는 굉장히 넓었다. 올해 확장을 통해 예전보다 훨씬 넓어진 감이 있었다. 이번 행사는 샌디에이고 코믹콘, 그리고 LA에서 열리는 원더콘 이외에 새롭게 만들어진 코믹콘이었다. 정식 명칭은 LA 제트 스타 페스티벌이었지만 사람들은 익숙하지 않아 편의상 모두 코믹콘이라 불렀다. 원더콘이 열리는 장소와 똑같은 LA 컨벤션센터에서 열렸는데, 올해 확장 공사 완료를 기념하여 더욱 크게 개최된 것이다. 확장 공사 덕분에 원더콘이 열리지 않았는데, 이제는 제트 스타 페스티벌을 통해 하나로 합쳐질 예정이라고 한다.

'이런 행사가 더 커지는 건 팬들에게 있어서도 참 좋은 일이지.'

앞으로 코믹콘보다도 훨씬 유명해질 것 같았다.

미국의 유명 배급사들과 세계에서 알아주는 게임사들, 영화 및 드라마 제작사들도 대거 참여해 영화, 드라마, 소설, 만화, 게임을 아우르는 세계인의 축제로서의 가능성을 보여주고 있었다.

건우는 그 역사적인 축제가 될지도 모르는 그 첫 시작에 자리하고 있었다. 직접 눈으로 보지 않는 것은 극심한 손해일 것이다.

'대단하네.'

야외까지 확장된 시설이 있어서 건우가 본 규모 중에 제일 컸다. 수많은 게임 회사들이 부스를 차리고서 신작 게임을 소개, 시연하고 있었다.

둘러보다 보니 시간이 훌쩍 지나갔다.

게임 행사가 열리는 장소를 빠져나오자 코스프레를 한 사람들이 엄청나게 북적였다.

엘프들도 보였고 오크 무리도 보였다. SF 영화에 나올 법한 복장을 한 사람들도 많았다.

가족과 함께 온 이들도 많았는데, 아이들이 특히 귀여웠다. 아이들은 대부분 엘프 귀를 달고 있었다.

자신의 눈에도 대단히 귀엽고 깜찍한데 그걸 지켜보는 부모님의 마음은 어떠할까?

건우는 그 광경을 바라보며 부드럽게 웃었다.

어딜 가나 '골든 시크릿' 코스프레를 한 사람들이 보였다. '골든 시크릿'은 하나의 문화라고 해도 과언이 아니었다.

'진희도 팬이고 리온 선배도 그렇지.'

기왕 온 거 상품이라도 사서 선물해 줄까 하는 생각에 본격적으로 걸음을 옮길 때였다.

'음?'

건우는 잠시 멈춰 섰다. '골든 시크릿' 코스프레를 한 사람들 사이로 익숙한 차림을 한 이들이 보였기 때문이다. 너무나 눈에 확 띄는 이질적인 광경이었다. 적어도 건우가 보기에는 그러했다.

"아……."

이 광경을 뭐라 설명할 수 있을까?

건우는 고개를 돌려 주변을 바라보았다. 한둘도 아니고 대단히 많았다. 마이클을 통해 보기는 했지만 실제로 보니 감동이 밀려들었다.

건우의 걸음을 멈추게 하고 감동에 빠지게 만든 것은 바로 진우전생록의 복장을 한 사람들 때문이었다. 건우가 한국적으로 디자인한 캐릭터의 복장을 흉내 내는 이들이 많았다. 그냥 많은 것이 아니라 보고 있으면 계속 눈에 띌 정도로 많았다.

'현실처럼 느껴지지 않네.'

이러한 광경을 실제로 보니 그렇게 느껴졌다.

건우는 오랫동안 신기한 눈으로 그 광경을 바라보았다. 상당한 시간이 지나고 나서야 겨우 발걸음을 뗄 수 있었다.

진우전생록의 팬들은 '골든 시크릿'에 비하면 적은 숫자일 줄 알았는데 캐릭터 상품이나 그와 관련된 행사가 있는 공간으로 가니 거의 비견될 정도로 많았다. 정확하게 말하면 '골든 시크릿' 바로 아래 정도의 규모였다.

"안녕하시오."

"허허, 안녕하신가? 달이 참 밝은 밤이오."

"수련은 증진이 좀 있었소?"

"허허, 드디어 검의 끝자락을 맛볼 수 있었소이다."

"축하드리오."

진우전생록에서 진우와 격렬한 다툼을 하며 카리스마를 보여준 고수의 복장을 한 사람과 진우의 스승 복장을 한 이가 한국말을 섞어가며 그런 이야기를 나눴다. 둘은 한국인이 아니라 딱 봐도 미국인이었다.

다양한 인종이 진우전생록을 좋아하며 즐기고 있었다.

인종을 초월해서 진우전생록이 만든 문화에 스며드는 모습은 건우의 눈에 너무나 눈부셔 보였다. 찬란한 감동을 선사해 주었다.

'LA 컨벤션센터에서 한국어를 들을 줄이야.'

행사장 곳곳에 한글이 보였고, 한국어 인사를 하는 모습이 심심치 않게 보였다. 문화가 가진 힘이 얼마나 강력한지 보여 주는 대목이었다. 막대한 재력으로도 해낼 수 없는 것들을 문화는 가볍게 해내고 있었다.

'공개하길 잘했어.'

연기와 노래 외에 가장 잘한 일이 있다면 진우전생록을 그려서 공개한 일일 것이다.

뿌듯함과 자부심이 밀려왔다. 그리고 자신의 전생에 공감해 주는 이들이 이렇게나 많다는 것이 그의 마음을 따뜻하게 만들었다. 자신과 그녀가 겪은 슬픔과 억울함을 이들이 듣고 위로해 주고 공감해 줄 것 같았다. 아니, 그렇지 않더라도 그저 들어주는 것만으로도 흉터로 남은 상처가 사라질 것 같은 기분이 들었다.

여러 행사장을 다녀온 팬들에게는 익숙한 광경인지 누구 하나 이색적인 광경에 대해 놀라움을 표현하는 이는 없었다. 진우전생록은 이들에게 이미 일부가 되어 있었다.

"오오! 진우다! 비슷한데?"

"사귀문의 당주도 있네."

사람들은 놀라기보다는 진우전생록에 나온 캐릭터의 이름을 부르면서 사진을 요청하거나 같이 포즈를 잡았다.

그 광경을 놀랍다고 생각해 카메라에 담는 취재진이 보였다. 바로 한국 방송국에서 나온 이들이었다. 건우가 진우전생록의 상품을 판매하는 곳으로 가려는데 방송국에서 나온 리포터가 건우를 향해 다가왔다.

"실례합니다. 혹시 인터뷰 가능하신가요?"

리포터가 웃으며 말을 걸어왔다. 오크 가면을 쓰고 있는 건우를 현지인으로 보고 있는 것 같았다. 건우는 고개를 끄덕였다. 이런 경우는 처음이라 신선하게 느껴졌다. 건우가 승낙하자 카메라가 건우와 리포터의 모습을 비추었다.

리포터가 가면을 신기하다는 듯 보는 것이 보였다.

"가면이 되게 멋지신데요. 어떤 분장을 하신 건가요?"

"보시다시피 '골든 시크릿'의 오크입니다."

"그렇군요. 저도 재미있게 본 영화입니다. 진짜 리얼한데요. 손수 만드신 건가요?"

"아니요. 친구에게 빌렸습니다."

리포터는 꽤 능숙한 영어로 인터뷰를 진행했다. 한국어를 하기에는 이미 타이밍이 늦어버렸다. 건우는 그냥 영어로 대답하기로 했다.

"대단히 많은 분들이 재미있는 복장을 하고 이곳을 찾았는데요, 혹시 진우전생록에 대해서 아시나요?"

"네, 잘 알고 있습니다. 여기에도 많은 팬들이 보이네요."

"오! 그렇군요. 본 적 있으신가요?"

그걸 그린 적이 있다고 말하고 싶었지만 건우는 피식 웃으며 참아냈다.

"네, 전부 봤습니다."

"진우전생록이 이렇게 미국인들에게 사랑받는 이유가 뭐라고 생각하시나요?"

"다른 특별한 이유가 있다기보다는 그저 재미있어서가 아닐까요?"

"그렇군요. 오늘 영화 행사가 참 많은데요, 가장 기대되는 작품으로는 어떤 작품을 꼽으시나요? 역시 '골든 시크릿'인가요?"

리포터의 말에 건우는 고개를 저었다.

"존 리 페인'이요. 거기 나오는 배우가 마음에 들거든요."

"아! 이건우 씨를 말씀하시는 건가요?"

"네. 그 친구, 참 연기를 참 잘하더라구요. 기대가 됩니다. 개인적으로는 제가 훨씬 더 잘생겼다고 생각합니다."

"오, 그래요?"

건우가 그렇게 말하자 리포터는 과장되게 웃으면서 고개를 끄덕였다. 그러고는 바로 악수를 청했다.

"저도 개인적으로 이건우 씨의 팬이에요~ 반가워요!"

자신에 대한 이야기로 화기애애해졌다.

건우는 리포터의 표정이 밝아지는 것을 보고 조금 더 적극적으로 인터뷰에 응했다.

"인터뷰에 응해주셔서 감사합니다. 근데 목소리가 되게 좋으시네요."

"종종 그런 말 듣습니다."

리포터의 말을 듣고 보니 목소리를 변조하지는 않은 것이 떠올랐다. 존 리 페인의 목소리로 지내다 보니 지금의 목소리가 오히려 더 어색하게 느껴진 탓이다. 자신의 목소리를 드러내며 너무 편하게 인터뷰한 것이 아닌가 하는 생각이 들었지만 그냥 웃어 넘겼다.

리포터와 인사를 나누고 헤어지고 나서 건우는 본격적으로 구경에 들어갔다.

진우전생록 행사장이 크게 마련되어 있었다. '골든 시크릿'에 밀리지 않을 정도로 규모가 컸는데, 에드스타에서 진행하는 공식 판매처에는 사람들이 바글바글했다. 진우전생록에 관한 굿즈를 공식적으로 판매하고 있었다.

그 수입금은 당연히 건우에게도 배분되고 있었다. 에드스타도 이번 행사에 참여하고 많은 투자를 한 회사 중 하나였다.

진우전생록 공식 판매처에는 줄이 너무 길어 대기표까지 나눠 주고 있었다.

"한정 수량이라던데."

"아, 저건 꼭 사야 해."

그런 대화가 들려왔다. 그들을 슬쩍 보니 진우전생록의 인물들이 페인팅된 티셔츠를 입고 있었다.

많은 이들이 사려고 하는 것은 진우전생록 단행본이었다. 얼마 뒤에 서점에 풀릴 것이지만 최초 공개된 초판본은 그 가치가 높았다. 보통 단행본도 아니고 역사상 가장 위대한 작품이 될지도 모른다는 진우전생록이었다. 수집가들의 탐욕을 불러일으킬 만했다.

그 밖에 브로마이드, 피규어, 사운드 트랙을 포함한 각종 상품을 판매하고 있었다. 어디 가서 구할 수 없는 것뿐이었다.

모두 건우의 동의하에 진행되고 있는 것들이다. 에드스타의 제안을 UAA를 통해 전해 들어 동의한 기억이 난 건우였다.

'오히려 '골든 시크릿' 쪽보다 구경하는 사람들이 많네.'

'골든 시크릿'의 복장을 한 사람들도 이곳에 엄청 많았다. 굳이 편을 가를 필요 없이 모두 즐기고 있었다. 건우는 고개를 끄덕이면서 '골든 시크릿' 행사장 쪽으로 가보았다.

'골든 시크릿' 행사장에 가보니 익숙함과 그리움이 밀려왔다. 요정왕과 관련된 상품이 가장 많았다. 2편이 개봉되고 나서 꽤 시간이 지난 시점임에도 대다수의 팬들은 요정왕을 그리워했다. 정확히 말하면 요정왕 이건우를 그리워하며 추앙하고 있었다.

'음? 뭔가 하나?'

이곳에서 무슨 이벤트 행사를 하는지 단상과 보안 요원들이 보였다. 경비는 한층 더 삼엄했다. LA 컨벤션센터의 보안 요원은 모조리 몰려온 것 같았다.

건우가 당황할 정도로 분위기가 이상했다. 곧바로 왜 그런 분위기인지 알 수 있었다.

"새로운 요정왕 반대!"

"물러가라!"

"요정왕은 한 분뿐이다!"

"새로운 요정왕이 웬 말이냐!"

엘프 코스프레를 한 이들이 항의 피켓을 들고 모여 있었다. 자세히 보니 대부분의 사람들이 '새로운 요정왕 반대'라고 쓰인 스티커를 붙이고 있었다. 코스프레를 하지 않은 일반 사람들도 마찬가지였다.

건우는 사태가 꽤 심각한 것을 인지했다. 꽤 그럴듯한 갑옷을 입고 있는 엘프 무리는 건우의 요정왕 사진을 들고 있었다. 마치 장례라도 치르는 것 같은 분위기였다. 자신의 영정사진을 들고 있는 것 같아 기분이 묘해졌다.

'아무튼 그리 좋은 분위기는 아니네.'

진우전생록 행사장 쪽과는 완전히 분위기가 딴판이었다. 무엇이 팬들을 저토록 화나게 만들었는지 이해는 되었다.

잭이 하차하면서 새롭게 부임한 감독은 2부의 촬영을 이어받고 나서 중국 투자자가 요구한 대로 편집하고 3부를 위해 강제로 이상한 떡밥을 넣었다. 그 바람에 내용이 난잡해졌다고 한다. 할리우드에서는 드물지만은 않은 일이었다.

건우는 그것을 듣고 '골든 시크릿' 2부는 보지 않았다. 즐거웠던 추억이 훼손될 것 같아서였다.

'돌아가야겠군.'

더 이상 둘러볼 분위기도 기분도 아니었다.

여기에 계속 있다가는 샌디에이고에서 있었던 팬들과의 만남, 그 좋았던 분위기가 영원히 사라져 버릴 것만 같았다. 여러모로 씁쓸한 마음만이 드는 장면이었다.

건우가 뒤돌았을 때, 이벤트 행사가 시작되었다. '골든 시크릿' 행사에 앞서 '골든 시크릿' 3부에 출연하는 배우들이 팬들을 위해 준비한 이벤트였다.

꽤 성대하게 계획되어 있었다.

'골든 시크릿'은 '존 리 페인'보다 일찍 시작해서 더 늦게 끝나도록 스케줄이 짜여 있었는데, 아예 '존 리 페인'의 존재감까지 지워 버리겠다는 의도가 다분했다. 그러나 돌아가는 상황을 보니 그렇게 되지는 않을 것 같았다.

"뒤로 물러나 주세요!"

"뒤로!"

"접근하시면 안 됩니다!"

보안 요원들이 단상으로 이어지는 길을 갈랐다.

건우의 눈에 카메라를 들고 있는 초등학생 정도의 꼬마가 보였는데, 사람들에게 밀려 뒤로 기우뚱했다.

꼬마는 넘어질 걸 알고 눈을 질끈 감았다.

착!

건우가 손을 뻗어 잡아주었다. 꼬마가 눈을 떠 건우의 얼굴을 보더니 깜짝 놀랐다. 리더가 만든 오크 가면은 상당히 리얼했다. 꼬마가 놀라며 카메라를 떨어뜨리자 건우가 카메라를 주워주었다.

'골든 시크릿' 캐릭터들이 그려진 케이스가 인상적이었다. 요정왕이 정 가운데에 있었다.

"고마워요, 오크 아저씨."

"혼자 왔어?"

"아니요. 부모님은 다른 데 있어요. 이쪽으로는 못 가게 해서……."

"걱정하시겠다."

"요정왕님만 찍고 갈 거예요. 오늘 온다고 했어요. 빨리 찍고 가면 돼요."

건우는 고개를 끄덕였다. 어떤 요정왕을 바라는지 모르지만 어쨌든 오기는 오니 사실이기는 했다. 그냥 갈까 하고 생각해 봤지만 미아가 될 것 같은 꼬마를 그냥 두고 갈 수는 없었다. 잠시 지켜보다가 현장 스태프에게 데려다주는 것이 좋을 것 같았다.

'소피아가 생각나네.'

소피아에게는 지금도 자주 편지를 받고 있었다. 코믹콘이 만들어준 좋은 인연이었다. 건우는 소피아가 건강하게 자라고 있다는 소식을 들을 때면 뿌듯하고 기뻤다.

꼬마와 있다 보니 '골든 시크릿'의 배우들이 나타났다. '골든 시크릿' 1부 때 건우와 배우들이 한 것을 따라 하는 모양인지 제대로 분장하고 나타났다.

건우가 코믹콘 때 한 분장이 즉흥적이었다면 저들은 철저하게 계획적이었다.

'돈을 많이 쓰긴 한 것 같네.'

영화 촬영장에서 그대로 온 듯한 모습이었다. 스테판과 에란 로비의 모습도 보였는데, 표정은 좋지 않았다. 나름 웃고 있었지만 억지로 끌려온 것 같은 느낌이 났다.

'마음고생을 심하게 했군.'

건우는 그들의 표정을 보자 바로 알 수 있었다.

'저자가 장양인가?'

건우는 화제의 인물인 장양을 볼 수 있었다.

건우가 입은 요정왕 갑옷을 입고 있었는데, 비율에서 차이가 나다 보니 그의 체형에 맞게 리폼한 상태였다. 미안한 말이지만 영 폼이 나지 않았다.

외모를 비하하는 것은 아니었다. 다만 배역에 어울리지 않는다는 말에 완전히 동의했다.

요정왕은 외적으로도 내적으로도 완벽해야 했다. 건우가 평가한 장양은 역시 부족함이 있었다. 팬들도 그러기에 저렇게 반대하는 것이다.

나름 근엄한 표정을 지으면서 손을 흔들고 있었는데, 주변에 몰려온 팬들의 반응은 싸늘했다. 팬들은 장양과 배우들을 보러 왔다기보다는 시위를 하러 온 것이었다. 때문에 분위기가 좋을 수 없었다. 너무나도 차가운 분위기에 배우들에게서도 당황한 기색이 역력했다.

꼬마가 까치발을 하고 사진을 찍으려 했지만 인파에 가려 그럴 수 없었다. 시무룩해진 꼬마의 표정이 보이자 건우는 피식 웃곤 꼬마를 바라보았다.

"올려줄까?"

"네! 와! 오크 아저씨, 힘 엄청 세네요! 우리 아빠만큼 세요!"

꼬마를 번쩍 들어 올려주자 꼬마가 환하게 웃으면서 카메라를 들었다. 사진을 두 번 정도 찍더니 급격히 시무룩해졌다. 어깨가 축 처지고 거의 울 것 같은 표정이었다.

건우가 꼬마를 바닥에 내리고 이유를 물어보았다.

"왜 그러니?"

"가짜인 것 같아요."

꼬마는 장양의 모습을 보고 실망한 것 같았다.

'골든 시크릿'이 만들고 이건우가 새롭게 정립한 요정왕이란 캐릭터는 확실히 신성불가침적인 영역이었다. 장양이 아니라 다른 배우가 오더라도 소화할 수 없었다.

게다가 요정왕을 뛰어넘는 새로운 요정왕이라는 선전까지 했으니 팬들의 반응이 싸늘함을 넘어 시위까지 이어진 건 당연했다.

"하하! '골든 시크릿'의 배우분들이 자리하셨습니다! 박수 한번 주시지요!"

단상에 올라가서 사회자가 분위기를 띄우기 위해 노력했지만 모두 팔짱을 낀 채 싸늘하게 바라보았다. 어디 봐줄 테니 해볼 테면 해보라는 자세였다. 그런 분위기에 사회자가 당황해 식은땀을 뻘뻘 흘렸다.

꼬마가 세상이 무너져라 한숨을 내쉬었다.

"친구들한테 요정왕을 찍어오겠다고 자랑했는데… 내기까지 했는데……. 에이미가 슬퍼할 거예요."

꼬마에게는 귀여운 사정이 있었다. 건우는 절로 웃음이 나왔다.

"그럼 대신 오크 아저씨랑 사진 찍을래?"

"오크 아저씨랑요?"

"그래. 사실 아저씨가 굉장히 잘생겼거든. 요정왕보다 잘생 겼단다. 에이미도 좋아할걸?"

"에이……."

꼬마가 미심쩍은 눈으로 건우를 바라보았다. 이런 장소가 아니라 길거리에서 만났다면 기겁하고 도망갈 것 같은 오크 가면 때문에 더욱 그러했다.

"한 번만 찍어줄게요, 그럼."

꼬마가 선심 쓰듯이 이야기했다. 대답을 하면서도 여전히 기운이 없어 보였다. 건우는 피식 웃으며 꼬마와 키를 맞추기 위해 무릎을 꿇었다. 건우가 대신 카메라를 들었다.

꼬마가 그래도 사진을 찍는다고 하니 씨익 웃으면서 손으로 브이를 그렸다. 건우는 꼬마 옆에서 슬쩍 가면을 올렸다.

찰칵!

사진을 찍고 건우는 카메라를 다시 꼬마에게 건네주었다.

"오크 아저……."

꼬마는 카메라를 받으면서 건우를 바라보았다. 카메라를 든 채로 그대로 굳어버렸다. 멍한 표정으로 자신을 바라보는 표정이 귀여워 머리를 한 차례 쓰다듬어 주었다.

다시 오크 가면을 쓰고 자리에서 일어났다. 여전히 꼬마의 시선은 건우에게서 떠나가지 못했다. 벌어진 입이 다물어지지 않았다.

"샘! 어디 있니? 샘!"

"샘! 어휴, 거기 있었구나!"

꼬마의 부모님으로 보이는 이들이 겨우 안도한 표정으로 달려왔다.

"아, 죄송합니다."

"아닙니다. 그럼 즐거운 시간 되세요."

꼬마의 어머니가 건우를 살짝 경계했다. 건우를 범죄자나 납치범이라 생각하지는 않았지만 아들 옆에 있으니 경계되는 것은 당연했다.

역시 오크 가면이 한몫했다. 재미있게도 꼬마의 부모님은 엘프 코스프레를 하고 있었다.

건우는 부모님의 마음이 이해되었다. 꼬마에게 살짝 손을 들어 흔들어준 후 대기실을 향해 걸어갔다.

꼬마는 건우의 뒷모습을 바라보며 천천히 손을 들었다. 넋이 나간 모습이었다.

"혼자 다니지 말라고 했지?"

꼬마의 어머니가 그런 샘을 다그쳤다. 샘은 멍하니 어머니를 바라보았다.

"엄마… 찍었어."

"응? 찍었다고?"

"응, 찍어버렸어."

꼬마가 조용히 카메라를 넘겨주었다. 꼬마의 어머니와 아버지가 고개를 갸웃하며 카메라를 바라보았다.

"어?"

"엇?"

꼬마가 찍은 사진을 본 순간 꼬마와 똑같은 표정이 되어버렸다. 디스플레이에 떠오른 사진 때문이었다.

둘은 눈을 비볐다. 사진 속에 브이를 그리고 있는 아들이 보였다. 그리고 그 옆에는 믿을 수 없는 인물이 미소를 짓고 있었다.

아들의 옆에 딱 붙어서 웃고 있는 모습은 환상 그 자체였다.

셋은 똑같은 표정이 되어버렸다. 오크 가면을 쓴 인물이 누군지 드디어 깨달았다.

"아!"

"이건우?"

어디로 갔는지 찾아봤지만 보이지 않았다. 꼬마의 어머니는 그제야 환하게 웃는 아들을 꼭 안고 계속해서 카메라를 바라보았다.

그러다가 신기함을 담은 표정으로 웃음을 터뜨렸다.

"진짜 요정왕을 찍었어! 와아!"

꼬마가 만세를 부르며 외쳤다.

"오크 아저씨가 요정왕이었어!"

꼬마의 부모님은 이곳 현장의 분위기와는 전혀 다르게 큰 선물을 받은 것 같아 입가에 걸린 웃음을 지울 수 없었다.

5. 끝없는 인기

건우가 대기실에 돌아오니 상기되어 있는 표정의 록과 반 스타뎀이 보였다. 꽤 즐거워 보였는데 건우가 나타나자 자신의 무용담을 말하기 시작했다.

　"크흐! 대장, 팬들에게 사인해 주느라 팔이 떨어질 것 같았다니까!"

　"내 줄이 더 길었어."

　"눈깔을 집에 놓고 온 거냐?"

　록과 반 스타뎀이 티격태격했다. 즉석에서 이루어진, 계획에 없던 이벤트였지만 꽤 좋은 반응을 얻은 모양이다. 모두 화기애애했다. '골든 시크릿'과는 대조되는 분위기였다.

리더가 쇼핑백을 가득 들고 있었다. 리더는 얼굴이 알려지지 않았기에 마음대로 돌아다닐 수 있었다.

리더가 소중하게 꼭 안고 있는 것은 진우전생록의 상품이었다. 마치 보물을 다루듯이 안고 있었다.

"오, 그거 샀네? 줄이 길어 보이던데……."

"아슬아슬했어."

리더는 진우전생록의 광팬이었다. 최근에는 잭 역시 그러했는데, 영화화에 대한 강한 욕심을 드러내고 있었다.

저렇게 좋아하니 작은 선물이라도 해주고 싶었다.

"내가 에드스타 쪽에 아는 사람이 있는데……."

"응? 에드스타? 진우전생록의?"

"맞아. 진우 작가 사인 한 장 정도는 구할 수 있을 것 같은데……."

리더의 눈에 크게 떠지고 입이 살짝 벌어졌다. 리더가 건우의 손을 붙잡았다.

"부탁해! 진짜 일생일대의 소원이야! 꼭 좀! 뭐든지 할 테니까!"

"뭐든지?"

"응, 뭐든지."

"알았어. 연락해 볼게."

"오오, 건느님."

리더가 엄청 기뻐했다. 아예 찬양이라도 할 기세였다.

그는 건우가 진우전생록의 작가라는 것은 꿈에도 모를 것이다.

'아마 알게 되면 난리가 나지 않을까?'

잭과 리더의 반응이 무척이나 궁금했다.

지금으로서는 밝히기 싫었다. 아마 꽤 시간이 지난 후에야 알게 될 것이다.

현장 인원 통제 때문에 '존 리 페인'의 행사 예정 시간이 조금 미뤄졌다. 건우는 배우들과 함께 꽤 긴 시간 동안 대기실에서 대기하다가 드디어 밖으로 나갈 수 있었다.

드디어 행사가 시작된 것이다.

"와아아아!"

"시작된다!"

사람들이 내지르는 함성 소리가 너무 커서 귀가 먹먹할 정도였다. 예상보다 훨씬 많은 사람들이 몰려왔기 때문이다. '골든 시크릿' 행사장이 이곳보다 대략 두 배가량 더 컸지만 그곳에 있던 사람들이 모두 이리로 몰려온 것 같았다. 그 때문에 '존 리 페인'의 행사 시작 시간이 늦어진 것이다.

건우는 무대 뒤에서 관객들을 바라보았다. 다양한 코스프레를 한 관객들이 보였다. 진우전생록의 복장을 하고 있는 관객들이 가장 눈에 띄었고, '골든 시크릿'의 복장을 하고 있는 사람들도 대단히 많았다.

배우들이 보기에는 분명 의외의 모습이었다. '골든 시크릿' 행사장에 있어야 할 많은 팬들이 이곳에 있었으니 말이다. 건우는 그 이유를 아주 잘 알고 있었다.

"응?"

행사가 시작됨과 동시에 '골든 시크릿'의 복장을 하고 있던 이들이 일사불란하게 움직였다.

척!

주로 뒤쪽에 있던 그들이 마치 군대처럼 피켓을 들어 보였다.

'새로운 요정왕 반대!', '가짜 요정왕 물러가라!'라고 적힌 피켓을 들고 있었는데 한 몸이라도 된 것처럼 한순간에 피켓이 뒤로 돌려졌다.

그곳에는 앞쪽에 적힌 문구와 대조적으로 건우를 응원하는 문구가 적혀 있었다.

경축!
폐하! 새 작품 축하드립니다!
빛이 함께하길!
요정왕=건느님.

'골든 시크릿' 팬들이 일부러 준비한 것 같았다.

잭을 위한 피켓도 있었다.

크리스틴 잭슨은 '골든 시크릿'에 컴백하라!
크리스틴 잭슨은 요정왕을 데리고 컴백하라!

잭이 무대 뒤에서 그 모습을 보고 두 팔을 번쩍 들었다. 소리 내어 웃으며 굉장히 기뻐했다. '골든 시크릿'이 흥행했을 때보다 훨씬 좋아하고 있었다. 그가 기뻐하는 것은 라인 브라더스 측에 한 방 먹여줄 수 있어서 그런 것은 아니었다.

관객들이, 대중들이 자신을 원한다는 것을 알게 되었기 때문이다. 그것은 그가 살아가는 이유이자 지금까지 영화를 만들어올 수 있는 힘이었다.

따라서 팬들의 이런 반응은 그에게 있어서 최고의 찬사나 다름없었다.

옆에 있던 록과 반 스타템이 피켓을 보고 고개를 끄덕였다.

"대장 혼자서 '골든 시크릿'팀을 아예 박살을 내버렸네. 역시 대장이구만."

"'골든 시크릿' 쪽은 안 봐도 뻔하군. 우리가 나설 차례가 없어 아쉽구만."

둘은 박수를 치면서 이 상황을 즐겼다. 배우들도 라인 브라더스에 대한 적개심이 대단했다. 그만큼 건우을 좋아하고 의

지하고 있다는 증거였다. 거의 충성을 바치는 수준이었으니 조금 문제가 되기는 했지만 말이다.

모두가 무대 뒤에서 대기하고 있을 때 현장의 불빛이 어두워졌다. 설치되어 있는 거대한 스크린에서 영상이 나오기 시작했다.

'존 리 페인'의 공식 1차 예고편이었다. 배급사 로고와 유니크 스튜디오를 나타내는 짧은 영상이 나왔다.

일자로 이어진 거대한 회색 도로를 흰 말 한 마리가 달리고 있었다. 그냥 말이 아니었다 머리에 빛을 내는 뿔이 달린 말, 신화 속에 나오는 유니콘이었다. 뿔에서 빛이 점점 밝아지더니 유니콘이 달려온 길도 흰빛으로 물들기 시작했다.

휘이이!

유니콘이 두 발을 치켜들었다. 그 모습이 점점 로고로 변하면서 그 밑에 유니크 스튜디오라는 큼지막한 글씨가 떠올랐다. 제법 공을 들여 만든 티가 났다. 전체적인 아이디어는 리더가 낸 것이다.

드디어 베일에 감춰져 있던 최고의 기대작 '존 리 페인'의 1차 예고편이 시작되었다.

건우가 작곡한 음악이 들려왔다. 조금은 독특한 음악이었다. 고전적인 느낌이 나는 음악이 들려오다가 거친 저음의 목소리가 들려왔다. 허밍으로만 되어 있어 노랫말이 있는 것은 아니었다.

구슬픈 선율이었다. 듣는 것만으로도 무척 마음이 아팠지만 눈물이 나오지는 않았다. 가슴이 뻥 뚫린 것 같은 그런 허무함이 조금씩 스며들 뿐이었다.

담배 연기가 자욱하게 치솟아 올랐다. 어두운 실내를 비추는 건 반짝이는 섬광뿐이었다. 섬광이 번뜩일 때마다 파편이 연기를 더럽혔다. 담배 연기가 섬광, 그리고 잔해와 함께 마구 휘저어지며 몽환적인 분위기를 연출해 냈다.

관객들은 살짝 넋을 잃고 감상했다. 영혼이 빨려 들어가는 것 같은 착각이 들 정도로 정신이 몽롱해졌다. 그러다가 화들짝 놀랐다.

"아……!"

"으으……!"

움찔!

관객들의 몸이 절로 움찔거리며 기이한 감탄성이 입술을 비집고 나왔다.

[으아악!]

[사, 살려… 퍽!]

[커헉!]

비명이 들려왔기 때문이다.

그것은 저음의 허밍 소리와 섞이며 기이한 이중창이 되었다. 천천히 치솟아 오르는 담배 연기를 꺼뜨린 건 정장을 입은 채 필사적으로 바닥을 기고 있는 덩치 큰 사내였다. 그가 흘린 피에 젖어 순식간에 담배의 불이 꺼져 버렸다.

표정은 겁에 질려 있었다. 바지에는 물기가 가득했다. 겁에 질려 지린 것이다.

바닥을 기는 그의 몸 위로 다른 남자의 몸이 날아가더니 벽에 부딪쳤다.

[으, 으아아!]

피 세례를 맞은 덩치 큰 남자가 비명을 지르면서 더욱 절박하게 바닥을 기었다. 카메라 너머 관객들을 바라보며 제발 살려달라고 비는 것 같은 모습이었다. 관객들이 무심코 손을 뻗을 만큼 연기로 느껴지지 않았다.

번쩍이는 섬광과 비명 소리가 그쳤다. 구슬픈 허밍 소리도 뚝 그쳤다.

바닥에 떨어져 있는 반쯤 부서진 핸드폰이 보였다. 남자는 피 묻은 손으로 겨우 전화기를 잡고 통화 버튼을 눌렀다.

[상황은?]

[조, 존, 그놈은 괴, 괴물이야. 괴물이라고! 으, 으아악! 사, 살려줘! 살려줘요! 억?! 아, 안 돼!]

마치 공포 영화의 한 장면처럼 바닥을 기고 있던 남자의 몸이 뒤로 끌려갔다. 화면은 남자가 바라보는 시점으로 바뀌었다. 끌려가던 남자의 몸이 멈추었다. 부들부들 떨며 남자가 몸을 뒤집자 화면이 검은 정장을 입은 사내를 비추었다.

사내의 얼굴이 화면에 나타나는 순간 관객들의 눈이 동그랗게 떠졌다. 이건우의 모습이 분명했다. 그런데 너무나 낯설었다. 잘생긴 것은 분명했지만 그것이 묻힐 정도로 그 분위기가 압도적이었다.

차가운 눈빛과 살짝 자리 잡고 있는 비틀린 냉소는 지독하리만큼 무섭게 보였다.

덜덜!

살짝 몸이 떠는 관객들까지 있었다. 영상 속 저 남자에게 두려움을 느끼면서도 짜릿함이 밀려들었다.

검은 정장을 입은 남자는 화면 너머의 관객들을 바라보았다. 영상은 덜덜 떨고 있는 남자의 시점이었지만, 관객들은 남자가 화면을 넘어 자신들을 바라보고 있는 듯한 강한 느낌을 받았다.

[조, 존, 제, 제발… 살려줘! 나, 난 몰라!]

검은 정장의 남자 존이 권총을 겨누었다. 관객들은 자신들에게 총이 겨눠진 것 같아 몸을 움찔했다. 왜 그렇게 느끼는지 이해하지 못했지만 영상을 보는 것 외에는 다른 생각을 할 수 없었다. 관객들은 무언가에 결박당한 것처럼 숨소리조차 제대로 낼 수 없었다.

천천히 고조되기 시작한 음악이 절정에 이르렀다. 손가락이 방아쇠를 당기는 것이 보였다. 몇몇 관객은 호흡을 멈추고 그 영상을 바라보았다.

음악이 절정에 이르는 순간,

방아쇠가 당겨졌다.

딸칵!

총알이 발사되지 않았다. 안에서 뭐가 걸린 모양이다. 존이 웃었다.

음악마저 끊기며 허무함만이 남았다.

덩치 큰 남자도 겨우 안도의 한숨을 내쉬며 눈알을 굴리다가 존을 따라 웃었다.

[하하!]

[하, 하, 하하하!]

[이래서 싸구려는 안 돼. 그렇지?]

[그, 그렇지.]

존은 다시 웃었다. 덩치 큰 남자도 겁에 질려 입술이 부들부들 떨렸지만 필사적으로 웃었다. 음악은 다시 클래식한 느낌으로 변하며 흘러나왔다.

[역시 클래식한 게 좋지?]

존은 총을 내려넣고 정장 안쪽으로 손을 넣었다. 은빛이 번쩍였다.

스릉!

정장 안쪽에서 나온 것은 무식해 보이는 손도끼였다. 덩치 큰 남자의 표정이 굳어졌다.

[오, 존······.]

존이 씨익 웃으면서 화면을 향해 손도끼를 내려쳤다.

"꺄악!"

"윽!"

깊게 몰입하고 있던 관객들이 살짝 비명을 질렀다. 섬뜩한 느낌과 동시에 어떤 통쾌함이 밀어닥쳤다. 화면이 어두워지며 투박한 글씨의 문구가 떠올랐다.

―존 리 페인.

떠올랐던 글씨에서 마치 창가에 비가 흐르듯이 붉은 물이 흘러내렸다. 동시에 클래식한 느낌이 드는 음악 소리가 점차 커지면서 관객들을 사로잡았다. 선율은 급격히 변해 어떤 광기마저 띤 듯한 느낌으로 변했다. 그 변화에 소름이 끼칠 정도였다.

장면이 변하더니 뉴스가 나왔다.

테러로 인해 갱단 하나가 전멸했다는 소식이었다. 아나운서는 테러 내용과 함께 테러범으로 추정되는 인물의 몽타주를 보여주었다.

그걸 지켜보고 있던 남자들이 사색이 되었다.

[맙소사!]

[존?]

[설마 그 존 리 페인?]

음악이 서서히 고조되었다. 화면이 바뀌며 어느 건물을 비추었다.

콰아앙!

건물의 한쪽이 전부 폭발하며 존이 뛰어내렸다. 3층 높이에서 뛰어내린 존이 자동차에 그대로 부딪쳤다.

그걸 지켜보던 누군가가 입을 떼었다.

[해, 해치웠나?]

[빌어먹을! 그는 존 리 페인이라고!]

찌그러진 자동차에 있던 존이 벌떡 일어나며 괴로운 듯 신음을 내뱉다가 비틀거리며 걸었다.

화면이 어지럽게 교차되었다. 폭발하고, 구르고, 죽이고, 쏘고, 넘어지고, 죽이는 장면이 눈을 어지럽혔다.

존이 몰고 있는 차가 검정색 SUV 차량과 부딪치며 아슬아슬하게 코너를 돌았다.

중무장한 특수 요원이 대전차 미사일을 들고 존이 모는 차량을 겨누었다.

휘이이이— 펑!

존이 핸들을 돌리며 방향을 꺾자마자 미사일이 차량의 옆을 때렸다.

콰아아앙!

그 폭발은 음악과 합쳐져 분위기를 절정으로 이끌었다. 존의 차가 옆으로 마구 구르다가 그대로 벽에 부딪쳤다. 차는 완전히 찌그러져 있었고 연기가 났다.

모니터 너머로 그 광경을 바라보는 두 인물이 있었다.

[죽었나?]

[하! 그 존 리 페인이?]

퍼엉!

찌그러진 차량의 문이 튕겨나가며 존이 바닥을 구르며 빠져나왔다. 존이 천천히 몸을 일으켰다. 화면은 그의 뒷모습을 점점 클로즈업하다가 암전되었다.

그렇게 짧지만 강렬한 예고편이 끝났다. 관객들은 모두 멍한 표정이었다. 꽉 쥔 손에는 땀이 고여 있었다. 장내가 환해지자 겨우 정신이 돌아왔다. 모두 기립 박수를 치며 환호를 내지르기를 주저하지 않았다.

짧은 예고편에 불과했지만 모두 감동을 넘어선 격렬한 감정을 느끼고 있었다. 건우를 응원하러 온 '골든 시크릿'의 팬들도 예고편에 빠져 다른 것은 다 잊은 채 잔뜩 흥분하며 박수를 치고 있었다.

'예상보다 반응이 훨씬 좋네.'

건우는 관객들의 감정을 느낄 수 있었다. 관객들은 모두 즐거워하며 만족스러운 기분을 느끼고 있었다. 그리고 몰려오는 짜릿함에 흥분 상태였다.

'지금쯤 공개가 되었겠군.'

예고편은 플레이스타를 통해 인터넷에서도 동시에 공개되었다. 정확하게 말하면 이곳 컨벤션센터에서 공개된 후 3분 뒤에 올라왔지만 거의 동시 공개나 다름없었다.

팬들이 꼽은 최고의 기대작이라 그런지 올라오자마자 빠르게 조회 수가 올라가기 시작했다. 아예 예고편이 뜨기를 기다리며 대기하고 있던 팬도 많았다.

플레이스타
LA 코믹콘 〈존 리 페인〉 1차 예고편
댓글 1423

Atair: 영상미 미쳤다.

chicken: 미친ㅋㅋ. 소름이 쫙 끼쳤음.

잘해너나: 진짜 숨도 못 쉬고 봤다. 이런 기분 처음이야.

티느: 건느님은 그 어떤 수식어를 붙여도 부족하네. 개인적으로 비주얼은 역대 최고인 듯.

ㅡRe: 호후: ㅇㅈ. 개미쳤어ㅋㅋ. 화면 바라보다가 움찔했

음ㅋㅋ.

헬로밥: 저 남잔데… 반했는데 어쩌죠?

─Re: 유미리: 정상임.

망고맨: 0:42 이 부분 보고 지렸음. 무한 반복 중.

─Re: 롱롱숏다리: 웃으며 손도끼 꺼낼 때 오줌 쌀 뻔. 무서운데 멋있어ㅋㅋ.

리뷰가좋다: 예고편 전체에서 어떤 광기가 느껴집니다. 음악과 영상이 환상적으로 잘 어울리고 있고 이건우의 신들린 연기와 스스로 약점이라고 말한 외모를 지혜롭게 극복한 듯한 그 비주얼이 화룡점정을 찍었습니다. 예고편이 끝났을 때 저도 모르게 기립 박수를 치고 있더군요.

'골든 시크릿' 예고편을 보고 실망한 저에게 폭풍과 같은 감동을 주었습니다. 예고편을 보고 이토록 흥분한 적은 외길 영화 인생 21년 만에 처음입니다.

이대로만 나온다면 영화계에 한 획을 긋지 않을까 생각합니다.

─Re: 크레용용: 리뷰 영상 기대할게요.

─Re: 은상띠: 이분 리뷰 겁나 잘함.

냥콩: 차량을 폭파시킨 게 아니라 다른 기대작들까지 폭발시켜 버렸네. 이거 개봉까지 어떻게 기다림?

이진수: ㅋㅋ'골든 시크릿' 예고편이랑 댓글 분위기가 완전

다르네. 거기는 외국 애들 몰려와서 욕밖에 없더라ㅋㅋ.

　'골든 시크릿'도 일부러 '존 리 페인'과 동시에 예고편을 공개했지만 극찬이 즐비한 '존 리 페인'과는 다르게 엄청난 욕을 먹고 있었다. 연기력도 그렇지만 아예 '골든 시크릿' 원작 느낌을 전혀 못 받을 정도로 변형되어 버렸기 때문이다. 그저 CG만 화려한 평범한 판타지 영화의 예고편이었다.

　아직 관객들의 흥분이 가시지 않았지만 행사는 이제 시작이었다.

　MC가 본격적으로 행사를 진행했다.

　"와우! 아주 화끈한 예고편이었습니다!"

　MC는 손에 들고 있던 대본을 잠시 바라보다가 그대로 찢어 버렸다.

　"여기에 뭐라고 적혀 있는데 그런 건 필요 없을 것 같네요! 지금 제 흥분이 주체가 안 됩니다! 이렇게 멋진 날은 존 리 페인처럼 야성미 넘치게 진행하고 싶군요! 네? 아! 그렇게 막 나가면 출연료 안 준다고요? 필요 없습니다!"

　"와아!"

　MC가 다시 관객들의 텐션을 올렸다.

　"소개합니다! 아무래도 이분을 가장 먼저 소개해 드려야겠지요? 수많은 명작 영화를 연출하셨고 이번에는 '존 리 페인'

을 직접 제작, 감독하셨습니다! 할리우드 거장이시지요! 유니크 스튜디오의 크리스틴 잭슨 대표님이십니다!"

잭이 환하게 웃으며 무대 위로 올라갔다. 무대 위에서 관객들을 향해 두 팔을 들어 손을 흔들었다. 그는 환호 소리에 화답하듯이 엄지를 치켜들었다.

바로 다른 배우들의 소개가 이어졌다. 록과 반 스타뎀, 데이비드를 포함한 배우들이 환호를 받으며 무대 위로 올랐다. 배우들의 눈시울이 붉어져 있었다. 이렇게 많은 사람들에게 환호를 받은 게 배우 인생에 있어서 처음이었기 때문이다.

"모두가 기다리고 계신 분인데요. 저도 이분을 만나 뵐 생각을 하니 가슴이 너무 두근거리네요. 아마 할리우드에서 가장 뵙기 힘든 분이 아닐까 싶습니다."

"와아아아!"

건우는 맨 마지막에 소개되었다. 건우의 이름이 나오기 전부터 관객들은 흥분에 휩싸여 있었다. MC가 더 크게 소리치라는 듯 귀에 손을 가져다 대자 환호 소리가 천장을 뚫을 듯이 울려 퍼졌다.

건우는 그런 MC를 보며 정말 분위기를 잘 띄운다고 생각했다. 재미있는 점은 배우들이 관객들만큼이나 흥분하면서 소리치고 있다는 점이었다.

"누구인지 다들 짐작하고 계시지요?"

"이건우!"

"이건우! 이건우!"

"건느님! 사랑해욧!"

이런 환호는 이제 당연스럽게 느껴지기도 했지만 들을 때마다 기분이 새롭고 좋았다. MC가 더욱 텐션을 올려 소개를 시작했다.

"전설을 써 내려가고 있는 최고의 배우, 그리고 가수입니다! 이분을 나타내는 여러 수식어가 있지만 요즘은 그냥 빛 그 자체로 불린다고 하더군요! 저도 그렇게 생각합니다! 아마 저 하늘 위에 있는 태양은 이분에게 저작권료를 내야 할 겁니다!"

"와아아아!"

"좋다!"

다소 오글거리는 소개였다. 건우는 자신을 너무 띄워주는 소개가 조금 부담스러웠다. 태양이 자신에게 저작권료를 내야 한다는 멘트는 근래 들은 말 중 가장 부담스러운 말이었다. 한국에서부터 퍼져 나간 빛건우는 건느님 다음으로 가장 많이 쓰이는 별명이 되어버렸다.

"우주가 내린 슈퍼스타! 이건우 씨입니다!"

건우가 무대 위로 올라왔다. 팬들을 바라보며 손을 흔들다가 MC와 반갑게 인사를 하고 무대 위에 마련된 자리에 앉았다. 행사 시간은 그리 길지 않았다. 가벼운 질문과 함께 미공개 영상들을 보여준 뒤 마무리될 예정이었다. 미공개 영상은 건우도 모르는 것이었는데, 잭이 직접 준비했다고 한다.

잭이 영화에 대해 가볍게 소개를 했고, 준비한 질문을 MC가 직접 읽어주었다.

"모든 액션을 대역 없이 직접 소화하셨다는데, 사실인가요?"

잭이 마이크를 들었다.

"네, 이건우 씨뿐만 아니라 여기 계신 모든 분이 대역 없이 촬영했습니다. 아시는 분은 알겠지만 영화를 찍기 위해 5개월 동안 특수한 훈련을 받았고, 스턴트 코디네이터인 조나단 씨와 이건우 씨의 지도 아래 즐겁게 촬영했고, 촬영하고 있습니다."

"이건우 씨도 액션신에 직접 관여하신 건가요?"

"네, 그렇습니다. 이건우 씨의 참여가 없었다면 '존 리 페인' 은 애초부터 기획할 수조차 없었을 것입니다."

질문은 역시 주로 건우에 관련된 것들이 압도적으로 많았다. 건우가 직접 대답해 주기보다는 배우들과 잭이 더 대답을 많이 했다.

록은 질문을 받을 때마다 신나했다.

"하하! 그래서 대장, 아니, 이건우 씨가……."

"편하게 말해주셔도 됩니다."

MC가 말에 록은 씨익 웃고 다시 말을 이었다.

"사람만 한 식인 상어가 다가오는데 저를 구하기 위해서 뛰어들었지요. 제 앞을 딱 막더니 그냥 주먹으로 상어의 코를 박살 내버렸다니까요."

"정말입니까?"

MC가 묻자 록은 고개를 끄덕였다. 다른 배우들도 마찬가지였다. 관객들은 감탄하면서도 믿을 수 없다는 반응을 보였다.

잭이 방긋 웃더니 마이크를 들었다.

"저희가 준비한 영상이 있습니다."

"그렇습니까? 음, 그건 저도 모르는 일인데요. 그럼 함께 보도록 할까요?"

MC가 고개를 갸웃하면서 스크린을 바라보았다. 그러자 불이 조금 어두워지더니 영상이 나왔다.

네이비씰 바다 수영 훈련 영상이었다. 미 해군에서 공개해도 좋다는 허락을 받고 오늘 여기서 깜짝 선물로 공개하기로 계획한 것이다. 물론 홍보 효과를 노린 것도 있었다.

"오오!"

"진짜인가?"

관객들이 말했다.

영상에 건우의 모습이 보였다. 늘 그렇듯 언제나 잘난 모습이었다. 조각 같은 몸매에 관객들은 시선을 빼앗겨 버렸다.

영상 속, 상어를 발견한 록이 바다에서 허우적거리는 순간이었다. 건우가 그대로 바다에 뛰어들었다.

네이비씰 교관들도 당황한 모습이었다.

"어?"

"사, 상어?"

잠시 뒤 수면 위로 배를 뒤집어 깐 상어가 올라왔다. 보트 만 한 크기였다. 그리고 건우가 반쯤 기절한 록을 부여잡고 보트 위로 올렸다. 관객들은 할 말을 잃었다. MC도 마찬가지 였다. 그러다가 관객 중 하나가 박수를 치니 모두 따라서 박 수를 쳤다.

'이게 영상으로 있었네.'

건우는 설마 이곳에서 공개될 줄은 전혀 몰랐다. MC가 건 우를 바라보았다.

"어, 어떻게 잡으신 건가요?"

"네이비씰에서 배운 대로 했습니다."

"그렇군요. 정말 대단합니다."

네이비씰에서 상어를 때려잡는 법은 알려주지 않았지만 네 이비씰에서 배웠다고 말했다. MC와 관객들은 고개를 갸웃하 면서도 납득하는 분위기였다. 건우를 거의 영웅 보는 눈빛으 로 바라보았다.

그 후 질문이 이어졌다. 민감한 질문은 없었다. 기자회견을 하러 온 것이 아니라 '존 리 페인'을 소개하고 팬들과 소통하 기 위해 온 것이니 말이다.

"마지막으로 건우 씨에게 묻겠습니다. 무려 현장을 찾아주신 분들 중 2천 명의 팬분들이 같은 질문을 해주셨는데요. 저도 개인적으로 궁금합니다."

"네, 말씀하세요."

건우가 말하자 MC는 씨익 웃었다.

"스캔들이 없기로 유명하신데, 비결이 있을까요? 그리고 지금 만나고 계신 분이 있나요? 아, 이쪽이 메인 질문입니다."

모두의 시선이 건우에게 쏠렸다. 의외의 질문에 건우도 조금 당황했다. 관객들을 보니 모두 눈빛이 초롱초롱했다. 건우는 잠시 침묵을 지키다가 웃으면서 입을 떼었다.

"비결은… 그냥 집 밖으로 안 나가는 것이 비결인 것 같네요. 예전에는 그렇지 않았는데 요즘은 집에 있는 게 좋더라구요."

"그렇습니까? 할리우드 스타분들, 잘 들으세요! 집에 콕 박혀 계시면 건느님처럼 되실 수 있습니다! 아, 마지막 질문도 대답해 주세요."

"그리고 마지막 질문은……."

건우는 뭐라고 대답할지 잠시 고민했다. 부정하기는 싫었고, 그렇다고 긍정하기에는 영화에 영향이 있을 것 같았다. 잠시 생각하다가 고개를 끄덕이고 입을 떼었다.

"음, 노코멘트하겠습니다."

"아아……."

MC는 물론 관객들도 힘이 빠진 듯 아쉬운 소리를 내었다. MC는 다시 씨익 웃었다.

"정말 현명한 멘트입니다. 만약 만나는 분이 계셨다면 여기 계신 분들이 울었을걸요. 학생들은 등교를 거부하고 직장인들은 대거 휴가를 낼지도 모릅니다. 내수 경제가 망가지고 전 세계적인 대공황이 올 것 같습니다."

"그렇게까지 하겠습니까?"

"제가 조금 오버했네요. 그래도 아마 반쯤은 그럴 것 같네요. 안 그렇습니까?"

관객들이 MC의 말에 동조하며 환호했다. 그 환호를 들으니 기분이 좋으면서도 조금은 씁쓸한 마음이 들었다. 공개 연애를 한다면 그 파급력이 어디까지 미칠지 고민해 봐야할 지경이었다.

'너무 인기가 많은 것도 문제로군.'

인기가 보통 많은 것이 아니었다. 그냥 건우가 출연한다는 것만으로도 영화 마케팅 비용이 획기적으로 절감될 정도였다. 건우의 인기에 비견될 자가 없다고 봐도 무방했고, 이미지 역시 최고로 좋았다.

사건 사고가 많은 할리우드에서도 거의 백지에 가까울 정도로 깨끗했고, 여러 가지 일 덕분에 오히려 성인군자 수준으로 불리고 있을 정도였다. 이미지 관리를 너무 확실하게 한 것이 문제였다. 차라리 사건 사고가 조금 있었다면 이런 생각을 하지 않았을지도 모른다. 아무튼 지금 당장은 그런 관심과 사랑을 기쁘게 받아들이는 것이 좋을 것 같았다.

'그래도 내 인생을 정하는 것은 나지.'

명예, 인기, 이미지, 이런 것보다도 자신과 그녀의 행복이 우선이었다. 모든 것을 포기하라고 해도 그럴 준비가 되어 있었다. 전생처럼 목숨을 포기할 일은 없지 않은가?

화기애애한 분위기 속에서 행사가 마무리되었다. 아쉬워하는 관객들에게 손을 흔들어 주고 대기실로 돌아왔다.

건우는 아직도 흥분이 가득한 배우들을 바라보다가 작게 웃었다. 이제는 정이 너무 들어서 진짜 전우처럼 느껴지는 배우들이었다.

잭은 기분이 대단히 좋아 보였다.

"하하! 모두 수고 많았어! 내일 촬영도 잘해보자고!"

잭의 말처럼 내일부터 또다시 촬영 강행군이었다. 마무리를 향해 달려가고 있어 일정은 제법 타이트했다. 오늘 저녁 비행기를 타고 바로 다시 뉴욕으로 건너가야 했다.

하지만 그런 일정에서 오는 피로감은 전혀 느껴지지 않았다. 오히려 더 쌩쌩해진 것 같았다.

건우가 피식 웃으면서 그를 바라보았다.

"기분이 좋아 보이시네요."

"물론이지. 이보다 더 좋을 수는 없겠어. 관계자들에게 들었는데, 저쪽은 반 이상 비었다더군. 정면 승부를 걸더니 그대로 자빠져 버렸어. 하하하!"

잭은 십 년 묵은 체증이 내려간 것 같은 표정이었다. '골든 시크릿' 측에서는 이번 행사에 투자한 것이 많았지만 완전히 망해 버렸다. 벌써부터 내부에서 참고 있던 불만이 속출하고 있다고 한다.

똑똑!

누군가 대기실에 찾아왔다. 잭이 문을 열어보니 익숙한 얼굴들이 있었다.

"오, 자네들이로군! 오랜만이야!"

"감독님, 잘 지내셨나요?"

"오랜만입니다."

에란 로비와 스테판이었다. 고생이 심했는지 얼굴이 제법 수척해져 있었다.

에란 로비와 스테판은 건우를 보자마자 눈시울을 붉혔다. 건우가 위로해 주자 에란 로비는 그 자리에서 눈물을 보였다.

잭도 더 이상 통쾌한 표정을 짓지 못했다.

"건우, 보고 싶었어. 흐어엉!"

"흐윽."

에란 로비는 건우의 품에서 눈물을 흘렸고, 스테판은 건우의 손을 오랫동안 붙잡고 있었다.

'참 복잡하구만.'

여러모로 느낀 점이 많은 코믹콘이었다.

*　　　　　*　　　　　*

코믹콘 이후 촬영은 더 탄력을 받았다. '골든 시크릿'은 '존리 페인'과 개봉일이 겹쳤었는데, 내부 사정이 생겨 뒤로 미뤄졌다고 한다. 팬들의 질타는 둘째 치고 배우 불화설, 감독 하차설과 재촬영설이 기어 나오고 있었다. 그에 비해 '존 리 페인'은 무척이나 빠른 속도로 촬영이 진행되었고, 벌써 마지막 촬영을 앞두게 되었다.

극의 흐름에 맞게 촬영하는 것이 아니었기에 엔딩은 이미 찍은 상태였다. 마지막 촬영은 유니크 스튜디오가 소유한 실내 세트장에서 이루어질 예정이다. '존 리 페인'에 출연한 모든 배우가 스튜디오에 와 있었다.

촬영이 끝난 이후 영화가 바로 나오는 것은 아니었다. 후반 작업이 남아 있었다. 본 촬영만큼이나 후반 작업도 굉장히 중요했다.

보통 배우들은 촬영이 끝나고 푹 쉬겠지만 건우는 아니었다. 짧은 휴가가 있기는 했지만, 그 후 영화음악 작업 탓에 오히려 더 바쁠 예정이다. 건우가 영화 OST를 모두 주관하고 있으니 배우가 아닌 스태프로서 후반 작업에 참여해야 했다.

'미국에 좀 더 있어야겠네.'

'골든 시크릿'은 뉴질랜드에서 후반 작업을 했지만 다행히 '존 리 페인'은 이곳 미국에서 진행한다고 한다.

'존 리 페인이 되는 것도 오늘이 마지막이군.'

오랜 시간 함께한 친구를 떠나보내는 느낌이다.

오늘 촬영은 백미는 록과의 나이프 파이팅이었다. 조나단이 대단히 공을 들여 만들었고 건우 역시 참여하여 도움을 주었다. 건우는 조나단과 촬영에 대해서 이야기를 나눴다.

"건우 씨, 촬영은 오늘로 끝이군요."

"하하! 꽤 즐거워 보이시네요?"

"시원섭섭합니다."

조나단은 그렇게 말할 자격이 있었다. 현장에서 굉장히 고생했기 때문이다. 조나단뿐만 아니라 스턴트팀 모두가 그러했다. 건우는 그렇게 조나단과 이야기를 나누고 있다가 촬영을 기다리고 있는 록과 배우들에게로 시선을 옮겼다.

'음?'

마지막 촬영을 앞두고 기뻐하고 있을 줄 알았는데 록과 반 스타뎀, 그리고 현장에 모인 배우들의 표정이 좋지 않았다. 무슨 문제라도 있나 싶어 록에게 다가갔다. 조금 수고스럽기는 하지만 건우가 늘 배우들의 분위기를 이끌었다.

단역배우가 아픈 적이 있었는데 불이익이 있을까 봐 말하지 못한 적이 있었다. 그때, 건우가 나서서 불이익이 없게 스케줄을 잘 조정해 주기도 했다. 할리우드 촬영장은 배우 스스로 자신을 챙기지 않으면 안 되는 분위기였다. 분명 배우가 해야 할 일은 아니었지만 애초에 건우는 '존 리 페인'에 나오는 배우들을 모두 챙기기로 다짐했다.

이제는 거의 가족 같은 잭의 독립 후 첫 작품이었고, 자신뿐만 아니라 자신 주위 사람들도 신경 쓸 여유가 되었기 때문이다.

건우는 록에게 다가갔다. 록의 표정은 유난히 시무룩했다. 촬영은 없었지만 마지막 날을 축하해 주기 위해 온 반 스타뎀이나 데이비드, 그리고 줄리아도 마찬가지였다.

왜 그런지 생각해 보았지만 딱히 생각나는 것은 없었다. 건우는 록에게 물어보기로 했다.

"록, 무슨 안 좋은 일이라도 있어? 분위기가 별로 안 좋은데."

"아, 대장……."

록이 물기 있는 눈으로 건우를 바라보았다.

건우가 고개를 갸웃했다. 데이비드는 이해한다는 듯이 고개를 끄덕였고 줄리아는 아예 울기까지 했다.

뭐가 그렇게 이들을 슬프게 했을까? 아무리 생각해 봐도 역시 짐작되는 것이 단 하나도 없었다. 현장을 지휘하고 있던 잭은 이쪽을 힐끔 보더니 이해한다는 듯 고개를 끄덕였다. 조나단도 마찬가지였다.

'나만 모르는 건가?'

건우는 의아함을 담아 록을 바라보았다. 록은 바닥이 꺼져라 한숨을 내쉬면서 그 이유를 말해주었다.

"오늘이 대장이랑 같이 할 수 있는 촬영 마지막 날이잖아. 이제 공식 행사 있을 때밖에 못 볼 거고"

"응? 겨우 그거 때문에 그래?"

"겨우 그거 때문이라니?"

록이 발끈했다. 그 모습을 본 다른 배우들도 고개를 끄덕였다. 건우는 웃음이 나왔다. 그것 때문에 저렇게 시무룩해 있다는 것이 우스웠다.

"대장님께서는 계속 바쁘실 것 같으니… 이렇게 이야기할 수 있는 것도 이제는 별로 없겠지요."

"맞아요. 흐윽! 겨우 친해졌는데… 그런 의미에서 오늘… 윽?!"

"데이비드 말이 맞아."

데이비드의 말에 줄리아가 대답했다. 줄리아가 말하고 있을 때 반 스타뎀이 앞으로 끼어들었다. 여전히 반 스타뎀을 포함한 배우들은 줄리아의 접근을 아주 잘 차단하고 있었다. 줄리

아는 이제 그것을 아주 자연스럽게 받아들이고 있었다. 오히려 이렇게 안 끊어줄 때는 혼자 머뭇거릴 정도였다.

아무튼 줄리아의 말에 건우가 딱히 대답하지 않아도 되어서 대단히 편했다.

건우는 이대로 분위기가 가라앉을 것 같아 해결책이 필요하다고 생각했다.

"사적으로 만나면 돼. 한국에 놀러 오면 거하게 대접해 줄게."

"오!"

"좋군!"

"갈래요!"

록과 반 스타넴, 그리고 줄라이의 표정이 급격히 밝아졌다. 다른 배우들도 마찬가지였다.

"그러니까 오늘 잘 마무리하자고."

건우의 말에 모두의 의욕이 급격히 높아졌다. 건우가 말을 덧붙이지 않았는데, 오늘 잘 마무리하면 한국으로 초대해서 시간을 같이 보내주겠다는 소문이 퍼지기 시작했다.

뒤늦게 알아차린 건우가 막아보려 했지만 이미 늦어버렸다.

"오오! 간다! 한국!"

"음, 재미있겠어."

록과 반 스타넴은 언제 시무룩했냐는 듯 벌써 기운이 넘쳤다. 이제는 너무 기운이 넘쳐서 문제였다.

줄리아는 벌써부터 핸드폰을 꺼내 한국에 대해 검색해 보고 있었다. 여전히 건우에게 관심이 많기는 하지만, 이제는 다른 배우들과 대단히 친해져서 그냥 가족 같은 분위기였다.

건우는 고개를 설레설레 젓고 촬영 준비를 했다.

카메라가 돌아가자 건우는 그 어느 때보다도 깊이 존 리 페인에 몰입했다. 오늘따라 몸 상태가 유난히 좋고 내력도 훨씬 충만해진 것 같았다.

'이제는 그래도 웬만큼 견디겠지.'

그동안 촬영하면서 건우의 기운을 받아들인 배우들은 건우의 연기에 그럭저럭 견딜 수 있을 정도로 성장해 있었다. 처음에는 건우에게 휘둘리며 연기했지만 지금은 나름 자신의 색을 보여줄 수 있을 만큼 크게 발전했다.

배우들은 이번 작품에서도 뛰어난 연기력을 보여주었지만 다음 작품부터는 연기파 배우라는 말을 들을 수 있을 것이다.

그들 스스로가 느끼기에도 건우에게 배운 것이 너무나 많았다. 건우와 더 지내고 싶은 이유 중 하나였다.

스턴트팀도 이제 부상 따위는 잘 당하지 않을 정도로 튼튼해진 상태였다. 액션을 하다 보니 실제로 맞는 일이 많았는데, 오히려 더 때려달라고 달려드니 액션신은 정말 잘 뽑혀 나오고 있었다.

카메라가 돌았다. 건우는 카메라가 돌 때만큼은 존 리 페인 그 자체가 되었다. 몰입에 대한 온 오프가 자연스럽게 이루어 졌다. 그것은 이번 촬영을 하면서 얻은 중요한 성과였다.

—존…….

아내의 목소리가 들려왔다. 존은 정신이 번쩍 들었다. 폭발로 인해 잠시 정신을 잃은 것 같았다. 깔끔한 호텔이었다.

중무장한 특수 요원의 몸이 그를 덮고 있었다. 폭발하기 전에 몸을 보호해 준 방패 역할이었다. 시체를 옆으로 치워내고 비틀거리며 자리에서 일어났다. 폭발의 여파로 인해 벽을 뚫고 이곳 화장실에 처박힌 것 같았다. 반파된 화장실 곳곳에서 물이 치솟고 있었다.

싸움의 끝을 향해 달려가고 있는 것은 알고 있었다. 존은 부서진 거울을 바라보다가 얼굴에 흐르는 피를 닦았다. 흐트러진 머리와 옷도 정리했다.

부서진 벽을 넘어 복도로 나갔다. 연기가 자욱한 복도는 의외로 깔끔했다. 스피커를 통해 고전적인 음악이 흘러나왔다.

바닥과 닿는 구두 소리가 나쁘게 들리지 않았다. 퍼져 가는 소음이 마치 장송곡을 듣는 것 같았다.

"으, 으으……."

몸을 비틀거리는 무장 병력이 보였다.

탕!

존은 그를 보지도 않고 권총을 쏘아 머리를 맞췄다.

앞으로 걷는 존의 뒤로 쓰러져 있는 무장 병력이 보였다. 복도를 빠져나오니 넓은 홀이 나왔다. 깜빡이는 복도와는 다르게 홀은 밝았다.

홀에는 식탁이 하나 있었다.

식탁에는 누군가 앉아 있었는데, 존과 마찬가지로 검은 정장을 입고 있었다. 존은 그가 누군지 너무나 잘 알고 있었다.

"존."

"빈센트."

서로의 이름을 불렀다.

빈센트가 자리에 앉으라는 제스처를 취했다. 존이 자리에 앉았다. 화려한 접시 위에 어울리지 않게 누구나 다 아는 브랜드의 햄버거가 포장된 채 놓여 있었다. 그리고 고급스러운 나이프와 포크도 놓여 있었다.

빈센트가 입을 떼었다.

"들지."

"음."

"주여⋯⋯."

빈센트가 기도문을 외웠다. 존은 그가 다 외울 때까지 기다려 주었다.

"불교를 믿는다고 하지 않았나?"

"옳겼어. 교황을 만날 일이 있었거든."

"그렇군."

존과 빈센트는 나이프와 포크는 쓰지 않고 두 손으로 햄버거를 들고 먹었다.

존은 햄버거를 허겁지겁 먹었다. 존은 햄버거의 맛에 감탄하며 고개를 끄덕였다.

"역시 잘 알고 있군. 햄버거는 이게 맛있지."

"존, 여기까지 오는 데 얼마나 걸렸나?"

"열두 시간 정도."

"밥 먹을 시간도 없었겠군."

존은 햄버거를 들어 보이며 고개를 끄덕였다. 고급스러움과는 전혀 어울리지 않던 둘이다.

빈센트는 우아하게 손수건으로 손을 닦았다. 그에 비해 존은 그냥 식탁보에 닦고 자리에서 일어났다. 빈센트의 손에 존이 처음 보는 권총이 들려 있었다.

"신형인가?"

"물론. 존, 지금은 네가 활약했던 시대가 아니야."

"그런 것 같더군."

존은 잠시 정장 단추를 풀고 몸을 풀었다. 그러자 정장 안쪽 방탄복에 박혀 있던 총알이 후두두 떨어졌다. 그걸 본 빈센트는 고개를 설레설레 저었다.

빈센트는 총을 식탁에 내려놓고 옆으로 두 걸음 비켜섰다.

"클래식하게 어떤가?"

"좋지."

존은 고개를 끄덕였다. 어깨에 메고 있던 소총을 식탁에 올려놓았다. 허리춤에 있던 권총과 들고 있던 권총도 나란히 올려놓았다. 이어서 수류탄 두 개와 탄창이 달린 허리띠도 풀어놓았다. 그리고 와이셔츠 소매 안에 숨겨진 작은 권총 역시 떼어내 올려놓았다.

마지막으로 손도끼를 올려놓자 빈센트가 질린다는 듯 고개를 저었다.

"꼬라지하고는… 참 구식이군."

빈센트는 그렇게 말하며 하얀 이가 드러나도록 웃었다. 존도 피식 웃다가 둘은 동시에 식탁 위에 있는 나이프를 들었다. 식사용 나이프라 전투에는 적합하지 않았지만 둘은 그런 것을 신경 쓰지 않았다.

존과 빈센트가 서로를 바라보며 옆으로 걸었다.

시작하기 전에 빈센트가 가슴에 꽂혀 있던 하얀 꽃을 바닥에 내려놓았다.

"아내의 일은 유감이네, 존."

"그래."

존은 고개를 끄덕였다. 빈센트가 잠시 애도를 표한 다음 나이프를 들었다. 특수부대 대원들이 쓰는 전형적인 자세였다. 존도 자세를 잡았다. 존은 빈센트에 비해 자세가 좀 더 풀어진 느낌이었다.

둘의 표정이 싸늘하게 굳었다. 그렇게 서로를 노려보다가 빈센트가 먼저 움직였다.

휘익!

목을 노리는 빈센트의 나이프. 존은 살짝 뒤로 물러나며 그것을 피했다. 빈센트는 굉장히 깔끔하고 빠르게 나이프를 연이어 휘둘렀다.

팅! 팅!

존의 나이프도 움직이기 시작했다. 빈센트의 나이프를 막아내자 힘 대결이 이어졌다. 나이프와 나이프가 부딪치면서 소름 끼치는 소리를 만들어냈다. 그런데 기이하게도 흐르고 있는 음악 소리와 잘 어울렸다.

수차례 공방이 순식간에 이루어졌다. 종이 한 장 차이로 서로가 겨우 치명상을 피하고 있었다. 화려하지만 보는 것만으로도 살 떨리는 공방은 점점 더 거칠어졌다.

살이 갈라지며 피가 튀겼지만 신음조차 흘릴 수 없었다. 그럴 시간조차 아껴야 했다.

속도는 점점 더 가속도가 붙어갔다. 흐르는 땀이 핏물과 함께 섞이며 떨어졌다. 존의 나이프가 손에서 손으로 옮겨 다녔다. 너무나 빨라 눈으로 잘 따라갈 수 없었다. 빈센트와는 달리 독특하고 화려한 느낌이 났다.

빈센트의 나이프가 존의 어깨를 찌르는 순간 존의 나이프가 틈을 파고들어 가슴에 박아 넣었다.

"으으으!"

빈센트의 힘이 풀리는 순간이었다.

푹, 푹, 푹, 서걱!

나이프가 연이어 움직이며 빈센트의 주요 힘줄과 급소를 순식간에 찔렀다. 존은 몸을 회전시키며 그대로 목에 나이프를 꽂아 넣었다. 빈센트가 피를 토하면서 바닥에 주저앉았고, 존은 비틀거리며 뒤로 물러났다.

빈센트가 피를 다시 울컥 토하면서 씨익 웃었다. 존은 아무 말도 하지 않고 그를 내려 보다가 몸을 돌렸다.

그 순간, 홀 안에 흐르던 음악 소리도 끝이 났다.

사이렌이 울렸다.

존이 어둠 속으로 사라졌다. 빈센트 손은 존 리 페인만큼 어둠과 잘 어울리는 남자는 없을 거라고 생각했다. 그런 주제에 밝은 것만 찾으니 저런 꼴이 나는 것이다.

그의 시야가 점점 흐릿해지며 암흑으로 물들어갔다.

빈센트는 박살 난 식탁에서 굴러온 수류탄을 잡았다.

그 순간 중무장한 병력이 홀 안으로 들어왔다.

빈센트의 눈에는 기이하게도 저 병력이 불꽃 속으로 파고 드는 벌레 같다고 생각했다.

그래, 지금은 어둠이 아니었다.

빈센트는 처음으로 존을 불꽃같다고 생각했다.

중무장한 병력이 그의 앞으로 다가왔다. 빈센트는 숙이고 있던 고개를 들었다. 그리고 수류탄의 안전핀을 뽑았다.

"수류탄!"

"피해!"

힘없이 처진 손에서 떨어진 수류탄이 굴러갔다. 수류탄은 바닥에 놓인 하얀 꽃까지 굴러갔다.

"역시 구식이 좋아."

그 말을 끝으로 수류탄이 폭발했다.

"좋아! 오케이!"

잭의 오케이 사인이 떨어졌지만 록은 자리에서 일어나지 않았다. 록은 아직도 얼떨떨한 표정이었다. 마지막 신을 찍을 때 자신이 생각해도 현실과 동떨어진 감각을 받을 정도로 몰입했기 때문이다. 건우와 연기할 때 겪는 증상 중 하나였는데, 오늘은 유독 그 정도가 심했다.

건우가 다가와 록에게 손을 뻗자 록이 건우의 손을 잡고 일어났다.

짝짝!

잭이 박수를 두 번 쳤다. 그러자 모든 배우와 스태프들이 잭을 바라보았다.

"모두 고생하셨습니다. 꽤 긴 촬영 동안 부족한 저를 잘 따라와 주셔서 정말 감사합니다. 이제 꿀맛 같은 휴가를 즐기시길 바랍니다."

"와아!"

모두가 환호하며 박수를 쳤다. 모두 촬영으로 쌓인 피로가 이만저만이 아니었다. 후반 작업이 남아 있었지만 모든 스태프에게 일주일간 휴가가 주어졌다.

건우는 잭에게 다가갔다.

"고생하셨어요, 잭."

"하하, 앞으로 좀 더 고생해야지. 힘내보자고."

"네."

건우는 웃으면서 고개를 끄덕였다. 건우는 이제 얼굴을 볼 수 없는 스태프들에게 일일이 찾아가 가볍게 이야기를 나누었다. 그러다가 배우들에게도 다가가니 배우들이 쭈그려 앉아 다 같이 무언가를 보고 있었다.

줄리아를 중심으로 둘러싸고 있는 형태였다.

"여기에 단체로 가면 좋을 것 같아요!"

"서울이 생각보다 크네."

"난 대장 집에 가볼 수 있으면 그걸로 됐어."

건우는 말을 걸려다 말았다. 줄리아와 다른 배우들은 진지하게 한국으로의 여행을 계획 중이었다.

'드디어 촬영이 끝났군.'

해야 할 일이 많았다. 촬영하면서 떠오른 악상을 정리해 놓은 것이 있는데 잭과 함께 검토해 보면서 본격적으로 작업에 들어가야 했다. 몇몇 곡은 직접 연주자들을 섭외해 녹음을 진행할 예정이다.

건우가 머릿속으로 앞으로 해야 할 것들을 정리하고 있을 때 록이 건우를 향해 손을 흔들었다.

"대장, 찾아보니까 해병대 캠프라는 것이 있어!"

"음, 정말 좋은 훈련이 될 것 같군."

반 스타뎀이 록의 말에 고개를 끄덕이고 건우를 바라보았다. 건우는 둘의 반짝이는 눈을 간신히 외면했다.

리더가 머뭇거리면서 다가왔다.

"나, 나도 가볼까?"

"오, 리더! 남자답고 좋군!"

록이 팔로 리더의 목을 휘감으며 좋아했다.

건우는 리더에게 시선이 몰리는 순간 슬쩍 자리를 피했다. 백만금을 준다고 해도 가기 싫었다.

"해병대! 가자!"

"한국 가자!"

배우들의 목소리가 들려왔다.

건우는 록과 반 스타뎀, 그리고 다른 배우들의 훈련 중독 증이 사라질 때까지 조용히 있을 예정이었다. 도망 다니는 것도 고려해야 했다.

아무튼 그렇게 두 번째 영화 촬영 일정이 모두 끝났다.

6. 진우 화백과 테마파크

촬영이 완료된 이후 건우도 휴가에 돌입했다. 후반기 작업 전의 꿀맛 같은 휴식일 것이다. 배우나 스태프 모두 건우가 휴가 때 한국에 가겠거니 생각했지만 공교롭게도 건우는 그럴 수 없었다. 휴가 때 잡힌 또 다른 스케줄이 있었기 때문이다.

　LA 코믹콘 이후의 촬영 때부터 UAA, 그리고 에드스타와 함께 진행하고 있던 일이라 한국으로 가기 애매했다. 촬영 때문에 밀리고 밀린 스케줄이었다.

　진희와는 시간이 날 때마다 영상통화를 하고 있지만 아쉬운 것은 어쩔 수 없었다.

건우는 이번 미국 일정이 끝나면 무조건 오랫동안 푹 쉬기로 정했다.

일이 일을 부르고 있었다. 이대로 가다간 일에 파묻혀 버릴 것만 같았다.

'참 바쁘군.'

건우가 휴가 때 스케줄이 잡힌 이유는 바로 하로니 랜드와의 테마파크 계약 때문이었다. 다름 아닌 진우전생록의 테마파크 건설 제안이 있었다.

진우전생록은 소설과 만화를 모두 포함해 역대 최단 기간 동안 최고 매출을 기록하고 있는 중이었다. 과거부터 지금까지의 그 어떤 기록도 비교될 수 없었다. 기존의 어떤 작품과 비교할 수 없을 정도로 차이가 너무나 났기 때문이다. 놀라운 점은 아직도 그 기세가 꺾이지 않고 계속해서 새로운 기록을 갱신하고 있다는 점이다.

진우전생록은 한번 보게 되면 멈출 수 없는 마약이었다. 매화 들어가는 것은 아니지만 중요 챕터마다 들어가는 배경음악은 감정의 힘을 더욱 증폭시켜 주었다. 다양한 감정을 맛보게 해주는 것이다. 이미 본 화라도 자신의 기분에 따라 볼 때마다 다른 느낌을 받았다. 작품에 깃들어 있는 감정의 힘이 그것을 가능케 했다.

한 번 보고 두 번 보고 시간 날 때마다 계속 보게 만드는 힘. 그야말로 마약이라 불릴 정도의 중독성이었다. 물론 부작용이 없고 오히려 정신적인 안정과 상쾌함을 주는 마약이었다.

LA 코믹콘을 기점으로 '골든 시크릿' 팬과 비등할 정도로, 아니, 그 이상으로 성장하기 시작했다. 그러한 이유에서인지 그야말로 거대 기업인 하로니 측에서 테마파크를 만들자는 제안을 해왔다. 물론 영상화를 먼저 노렸지만, 건우가 허락해 줄리 없었다. 일정 기간 동안 테마파크를 운영하는 것으로 방향을 바꾸었다.

건우로서는 전혀 손해가 없는, 앉아서 돈 버는 제안이었다.

하로니 측에서 진우전생록 테마파크를 원하는 것은 라인 브라더스의 라인 랜드에 있는 '골든 시크릿' 테마파크를 견제하기 위한 것도 있었다. 본래 하로니 랜드가 전 세계적으로 명성이 더 높았지만, '골든 시크릿'이 영화화된 이후 라인 랜드가 큰 우위를 보이고 있었기 때문이다.

하로니가 소유한 상징적인 캐릭터들은 꾸준히 하향 곡선을 그리며 인기가 시들해지고 있었다. 하로니 랜드뿐만 아니라 전반적인 사업 부문에서 점차 냉각되어 가고 있는 것이 확연히 느껴지는 실정이었다.

당장 즉각적인 효과를 볼 수 있는 아이템.

바로 진우전생록이었다.

건우는 몰랐지만 신기하게도 진우전생록은 '골든 시크릿'보다 어린 연령층의 팬이 두터웠다. 특히 저학년에서는 진우전생록을 모르면 서로 대화를 나누기 불편할 정도라고 한다.

작품이 워낙 대단한 것이 가장 큰 이유였고, 또 다른 이유는 역시 접근성이었다.

'골든 시크릿'에 비해 진우전생록은 접근하기가 쉬웠다. 스마트폰만 있으면 어디서든 간편하게 볼 수 있었기 때문이다. 때문에 수업 시간에 스마트폰을 거둬가는 학교도 많았다.

그만큼 진우전생록은 문화 전반에 큰 영향력을 미치고 있었다. 그러니 하로니가 눈독을 들이는 것이다.

진지한 검토 끝에 건우는 계약에 동의했고, UAA를 통해 계약이 체결되어 만남의 자리를 갖게 된 것이다.

'아주 좋은 계약 조건이었으니 어쩔 수 없지.'

하로니 랜드에서는 큰 이익이 될 부분을 양보하고서라도 원작자인 건우의 의견을 듣고 싶어 했다. 게다가 원작자의 모든 의견을 반영해 주는 방향으로 해준다고 하니 건우로서도 구미가 당겼다. 하로니 컴퍼니와 좋은 인연을 만들어놓는 것도 좋을 것 같았다.

세상일은 어떻게 될지 아무도 모르는 법이니 말이다.

'하로니는 나름 착한 기업이라고 하니까……'

하로니 컴퍼니는 규모가 큰 미디어 그룹이었다. 하로니 컴퍼니가 소유한 것 중 가장 유명한 것들을 꼽으라면 유니버스 워즈를 만든 유니버즈 필름, 하로니 애니메이션 픽처스, 하로니 할리우드 픽처스 등등이 있었다. 최근 꽤 반응이 좋은 히어로물 또한 하로니의 것이었다.

영화 제작, 배급 사업뿐만 아니라 소유한 여러 채널을 통해 방송 프로그램 제작, 송출 사업 역시 하고 있었고, 이번 진우 전생록과 관련된 테마파크 사업도 운영할 예정이었다. 한때는 지금보다 훨씬 규모가 커서 문화제국이라는 별명으로 불린 적도 있었다.

'골든 시크릿' 덕분에 라인 브라더스가 옛 명성을 되찾았다고는 하지만 본래부터 하로니 컴퍼니에 비할 바는 되지 못했다.

아무튼 건우는 하로니 랜드의 사람들과 만나기 위해 이동 중이었다. 만남은 당연히 하로니 측에서 LA로 오기로 했는데 UAA에서 장소를 협조해 주었다.

"음, 근데 마이클 씨, 이건 조금 심한 것 같은데요."

"확실한 보안을 위해서입니다. 안심하세요. 이번 일을 포함하더라도 진우 화백님의 정체를 아는 사람은 극소수입니다. 아, 안보가 엄청나니 발설될 위험은 없습니다."

"뭐, 흘러 나간다고 해도 믿을 사람은 없겠지요."

"저라도 못 믿을 것 같습니다. 그렇지만 유비무환 아니겠습니까?"

일에 관해서 UAA는 전적으로 믿을 만했다. 진우 화백으로서의 일은 UAA에게 전부 위임하고 있었다.

마이클의 의견에 따라 건우는 완벽하게 변장했다. 마이클은 아주 준비가 철저했다. 얼굴과 머리를 가리는 가면에 손가락도 노출되지 않게 장갑을 꼈다. 살의 노출이 거의 없었다. 체형을 짐작하기 어렵게 몸 안에 장비도 착용했다. 영화 촬영에나 쓸 법한 특수 분장 도구들이었다.

조금 과할 수도 있는데, 티끌만 한 단서도 주지 않겠다는 UAA의 의지가 느껴졌다.

진우 작가의 정체가 밝혀지는 것은 아직 일렀다. UAA는 적당한 타이밍을 재고 있는 중이다.

아직 진우전생록은 더 위대해질 수 있었다. 역사상 가장 사랑받는 작품이 될 가능성이 컸다. 만약 건우의 인기와 명성이 진우전생록에 묻는다면 진우전생록이 순수하게 쌓아올린 것들이 변질될 우려가 있었다.

지금보다 더욱 성장하여 명실상부한 지배자가 되었을 때가 바로 이건우와 진우 화백이 합쳐지는 순간일 것이다.

UAA에서 너무 깊이 생각한 것일 수도 있겠지만, 어쨌든 건우 자신도 정체를 밝히는 것을 먼 미래로 미루고 있었으니 착실하게 모든 수단과 방법을 가리지 않고 협조하는 중이다.

건우와 마이클은 LA 외곽에 있는 UAA 소유의 사무실에 이르렀다. 꽤 오래된 외관이었는데, 그럭저럭 분위기가 느껴졌다.

다른 이들은 이미 사무실에 도착해 있었다.

'버스?'

커다란 버스가 도착해 있었다. 건우는 고개를 갸웃했다. 이런 곳에 있을 만한 버스가 아니었기 때문이다. 마이클이 고개를 끄덕였다.

"음, 꽤 많이 왔나 보군요. 자, 들어가시지요, 진우 화백님. 음성 변조기를 썼으면 좋겠지만……. 음, 목소리 톤 바꾸시는 것 잊지 마시고요."

"아! 아! 이 정도면 되겠지요?"

"훌륭합니다. 과연 명배우십니다."

건우의 목소리가 확 바뀌자 마이클은 빙긋 웃으면서 엄지를 치켜들었다. 놀랄 만한 광경이었지만 건우를 알고 지낸 시간이 꽤 되어 놀라지는 않고 그저 감탄하는 정도였다.

건우는 생소한 기분에 휩싸였다.

배우, 가수 이건우가 아닌 진우 작가로서 이런 자리를 갖는 것은 역시 어색했다. 그런데 그게 꽤 재미있을 것 같았다.

'마스크 싱어 생각도 나고 좋네. 적당히 연기를 해야겠군.'

적당한 연기는 손쉬운 일이었다. 문득 생각해 보니 진우 화백은 꽤 독특한 캐릭터였다. 세계 최고의 흥행 작가이지만 그의 정체를 아는 사람은 극소수였다. 게다가 이런 자리에 요상한 가면을 쓰고 오기까지 했다. 격식을 차린 옷차림에 얼굴을 전부 덮는 하얀 가면은 조금 호러틱하긴 했다.

건우가 사무실로 오는 동안 잠시 고민하다가 즉석에서 콧수염과 눈썹을 그려 넣어 그나마 친근해지기는 했다. 마이클은 역시 진우 화백이라며 흐뭇해했다.

마이클을 따라 안으로 이동했다. 접대실이 마련되어 있었는데, 고풍스러운 멋이 있었다. 내부 인테리어는 낡아서 그런지 몰라도 옛 유럽 느낌이 났다.

"UAA는 참 별난 건물들을 많이 가지고 있네요. 이번에 빌려주신 저택도 그렇고요."

"그 부분은 저도 동의합니다. 이런저런 사업을 벌이다가 철수한 것들이 많지요. 따지고 보면 가슴 아픈 상처, 이제는 흉터가 된 것들이겠지만 그래도 가지고 있으면 다 쓸 데가 있는 것 아니겠습니까? 오늘처럼요."

내부를 둘러보며 말하는 건우에게 마이클이 웃으면서 대답했다. 건우의 눈앞에 접대실이 보였다. 마이클이 문을 열어주자 건우는 안으로 들어갔다.

안에는 꽤 많은 사람들이 있었다. 이미 계약이 된 상황이라 굳이 많은 사람들이 올 필요는 없었지만 테마파크 계약만 해도 대단히 큰 건이고, 장기적으로 보면 이 기회를 통해 더욱 큰 이익을 창출할 수도 있으니 대단히 신경 쓰고 있는 눈치였다.

건우가 나타나자 앉아 있던 사람들이 자리에서 일어났다. 장내의 사람들은 건우의 모습을 보고 깜짝 놀랐다.

마크 힐먼도 그러했다.

미리 정체를 밝힐 수 없다고 양해를 구해서 알고는 있었지만 실제로 보니 역시 놀랄 수밖에 없는 모습이었다.

도대체 왜 정체를 숨기려 하는 걸까?

밝히기만 한다면 엄청난 명예를 누릴 수 있을 텐데 말이다.

진우전생록은 단순히 만화라고 표현할 수 있는 작품이 아니었다. 조금 과장하자면 그것은 예술을 초월하여 그림의 시대를 나누는 기준점이었다.

많은 유명 미술가들이 충격을 받고 절필 선언 한 것은 유명한 일화였다. 상식적으로는 도저히 있을 수 없는 일이지만 진우전생록을 보게 된다면 저절로 납득이 되었다.

절대로 정체를 알려고 하지 말라는 높으신 분의 말이 떠오르자 마크 힐먼은 그런 생각을 지우며 웃는 낯으로 입을 뗐다.

"안녕하십니까? 이번 테마파크 추진을 총괄하고 있는 마크 힐먼이라고 합니다. 고명하신 진우 화백님을 만나뵙게 되어 영광입니다."

중년의 사내, 마크 힐먼이 정중하게 인사를 했다. 굉장히 조심하는 것이 느껴졌다.

건우는 마크 힐먼이 꽤 신기했다. 중년임에도 불구하고 꽤 순수한 기운이 느껴지는 사내였다. 전체적으로 둥글둥글한 인상이라 마치 곰 캐릭터를 보는 것 같았다.

"반갑습니다. 진우라는 필명을 쓰고 있는 작가입니다. 곤란한 사정이 있기에 이런 모습인 점 양해 부탁드립니다."

건우는 중후한 목소리로 대답했다. 말투도 완전히 바뀌어서 건우라는 것을 짐작조차 할 수 없었다. 마크 힐먼 뒤로 눈동자를 반짝이며 자신을 바라보고 있는 사람들이 보였다.

"이쪽은 저희 테마파크 디자이너들입니다. 수석 디자이너 제이든 윌슨, 시니어 디자이너 수잔 킴, 그리고……."

마크 힐먼이 테마파크 디자이너, 아티스트들을 소개시켜 주었다. 건우가 일일이 악수를 청했는데, 거의 기절할 듯이 굳어서 건우의 손을 잡았다. 눈빛과 태도에서 자신을 향한 굉장한 존경심과 흠모가 느껴졌다. 배우, 그리고 가수 이건우 때 경험한 것과 비견되는, 아니, 그보다도 더 깊은 감정이었다.

'음……'

시선이 굉장히 따갑고 부담스러웠다.

건우는 전생에 저런 눈빛을 본 적이 있었다. 문파의 장문인을 따르는 문도들이 그러했다. 또 고수를 바라보는 일반 무림인들의 표정이 그러했다.

건우는 슬슬 이야기를 진행할 필요를 느꼈다.

"제가 무엇을 도와드리면 될까요?"

건우는 하로니에서 많은 걸 양보해 주었으니 최대한 도와주기로 내심 결정한 뒤 이 자리에 나왔다.

"일단 이것을 봐주십시오."

마크 힐먼이 프린트된 그림을 건우에게 건네주었다. 진우전생록 테마파크 콘셉트 아트였다.

'그럴듯하네.'

괴물들이 득실거린다는 하로니 소속다운 실력이었다.

건우가 그린 마을과 풍경, 그리고 상징적인 것들이 잘 배치되어 있었다. 그러나 꽤 연구를 많이 한 것이 느껴졌지만 역시 부족함이 있었다. 건우는 부족함이 무엇인지 바로 간파했다.

말로는 설명해 주기 어려웠다.

"음, 혹시 종이와 펜 있습니까?"

"아! 네!"

수잔 킴이 허겁지겁 노트와 펜을 꺼냈다. 건우에게 건네는 그녀의 손이 부들부들 떨리고 있었다. 그녀의 거친 숨소리가 심상치 않았다. 마크 힐먼이 헛기침을 하자 정신을 차리며 겨우 진정하는 그녀였다.

건우는 의자에 앉아 펜을 들었다.

건우가 펜을 드는 순간 주변 분위기가 확 바뀌었다. 이곳에 있는 모두가 그것을 느꼈다. 날카로운 바늘이 피부를 쿡쿡 찌르는 듯한 느낌이었다.

슥슥!

건우는 망설임 없이 펜을 움직였다. 대단히 빠르고 정확했다. 그 어떤 준비 작업이나 밑그림 없이 찍어내듯 그리고 있었다. 지켜보는 모든 이들이 자신의 눈을 도저히 믿지 못할 정도였다.

그저 단순히 펜을 잡고 그리는 행위였다. 특별할 것 없어 보이는 자세. 그러나 마크 힐먼과 디자이너들은 압도되는 느낌을 받았다. 이런 경험은 처음이었다. 마치 공기에 쇠가 섞여 있는 것처럼 무겁게 느껴졌다. 온몸에 전율이 일어나면서 소름이 쫙 끼쳤다.

미지와의 조우가 이런 것일까?

수석 디자이너 제이든은 주먹을 꽉 쥐었다.

'역시 그랜드 마스터! 예술의 시작이자 끝……!'

그 말은 결코 과장이 아니었다. 한낱 만화라고 무시하던 많은 예술가들을 자괴감에 빠뜨린 것은 바로 진우 화백의 저 손이었다.

제이든은 절로 식은땀이 났다. 안색이 창백해졌지만 그의 눈에는 환희라는 감정이 떠올라 있었다. 사랑에 빠진 것처럼 몽롱하게 변했다.

어쩌면 이날을 위해 지금까지 살아왔는지도 모르겠다는 생각까지 했다.

제이든은 진우 화백과의 만남이 성사되었다는 순간, 그 자리에서 휴가를 취소하고 기대에 들떠 잠도 제대로 자지 못했다. 이렇게 열렬히 바라고 기대한 것이 처음이었다. 아내와 결혼했을 때보다도 훨씬 설레고 행복했다.

제이든은 알아주는 테마파크 디자이너이다. 디자인과 관련된 것은 거의 모두 다 소화할 줄 알았다. 건물, 놀이 기구, 소품, 캐릭터, 이벤트 등, 그의 손을 거치지 않은 작품이 없었다. 하로니 랜드의 봄, 여름, 가을, 겨울 모두 그의 손끝에서 탄생한 것이다.

지금의 하로니 랜드를 있게 한, 누구도 부정할 수 없는 일등공신이었다.

제이든의 디자인 중 가장 빼어난 점을 꼽으라면 역시 색감이었다. 디자인 수준도 뛰어났지만 독보적인 색감이 그를 하로니의 수석 디자이너로 만들었다.

아이들의 순수한 세계를 표현하는 데 있어서 디자인만큼 중요한 것이 색이었다. 색의 배치, 균형, 조화가 이 업계에서는 독보적이었다. 특히 그의 장기는 조명에 따른 색의 변화를 이용한 연출이었다.

제이든은 자신이 최고라고 생각했다. 그리고 실제로 주위에서도 그렇게 인정했다.

그것을 접하기 전까지만 해도 말이다.

처음에는 부하 직원이 하도 호들갑을 떨기에 호기심에 접한 것이다. 하로니에서 일하다 보니 만화와는 떼려야 뗄 수 없는 관계였으니 진우전생록과의 접촉은 이미 예정되어 있던 일인지도 몰랐다. 피해갈 수 없는 운명처럼 말이다.

콰광!

머릿속에 번개가 쳤다.

충격이었다. 아니, 충격이라는 말도 부족했다. 그 자리에서 벼락을 맞은 것처럼 머릿속이 폭발해 버렸다.

빛이 있으라!

그곳에 그가 바라던 색이 있었다.

그 색채는 마치 그의 정신을 빨아들이는 블랙홀 같았다. 캐릭터와 배경 디자인, 사소한 장신구부터 건물까지 모두 너무나 독창적이었다. 마치 우물 안에만 있던 개구리가 드디어 밖으로 나왔을 때 느낄 수 있는 그런 감정을 느낀 것 같았다.

그는 즉시 밀린 휴가를 내고 하루 종일 진우전생록을 보며 연구했다. 그러나 보면 볼수록 충격만 받을 뿐이었다. 일생을

다 바친다고 해도 도저히 닿을 수 없는 경지였다. 분야가 다르다는 것은 위안도 되지 못했다.

우울증 약을 먹을 정도로 자괴감에 휩싸였지만 그것을 극복하게 해준 것도 아이러니하게 진우전생록이었다.

주인공인 진우가 처절함 속에서 희망을 찾을 때, 눈물을 흘리면서 통곡했다. 그림에 관련된 직종에 있는 사람들, 흔히 말하는 예술가들이 어째서 그를 그랜드 마스터라 부르는지 절실히 알 수 있었다.

예술과 이야기가 모두 그곳에 존재했다.

짧은 시간 동안 전 세계에 이렇게까지 영향력을 미치게 된 예술가는 역사상 진우 화백뿐일 것이다.

"꿀꺽!"

제이든이 침을 꿀꺽 삼켰다. 그 소리가 유난히 크게 들렸다. 흰 노트에 아주 빠르게 완성되어 가는 그림은 단지 드로잉일 뿐인데도 디자이너들이 며칠 동안 작업한 콘셉트 아트보다 훨씬 생동감이 넘쳤다.

자세한 디테일은 흡사 설계 도안을 보는 것 같기도 했다. 그러나 그 예술성은 전혀 훼손되지 않고 있었다.

건우는 제법 집중하고 몰입해 그렸다. 기존에 그리던 방식이 아니라 이곳에 있는 디자이너들이 그려온 방식에 맞춰서 사소한 디테일까지 모두 살려 그렸다. 테마파크를 만들려면 그런 것들이 필요할 것 같아서였다.

볼펜심이 너무 굵어 다른 페이지의 노트를 찢어 종이 끝에 볼펜 잉크를 묻혀 작은 디테일까지 살렸다. 종이에 내력을 주입하니 바늘처럼 날카로워져 아주 세밀한 선까지 그릴 수 있었다.

'재밌는데.'

자신이 창조한 세상이 현실로 구현된다고 생각하니 가슴이 두근거렸다. 기억에서 감정으로, 감정에서 추억으로, 추억에서 그림으로, 그리고 그림에서 현실로 나오고 있는 중이었다.

큰 감동이었다.

'음, 이러면 이해하기 힘들어하려나?'

건우는 노트 한 장에 디자인에 대한 설명과 건물, 소품, 다른 각도에서 본 모습도 간략히 그렸다.

"오, 그렇게……."

"대단해!"

"저런 것이었구나!"

그렇게 그려 보여주니 반응이 너무 좋았다.

무엇보다 자신의 그림을 보며 이해하고 있다는 사실이 즐겁게 느껴졌다. 비유를 하자면 전생에 잠깐 아이들에게 무공을 가르칠 때가 생각이 났다. 아이라는 표현이 여기 있는 디자이너들과 어울리지는 않았지만 기분은 그러했다.

"저기… 화백님, 질문 좀 드려도 될까요?"

"아, 네. 말씀하세요."

건우는 펜을 멈추었다. 그러자 모두 깊은 숨을 내쉬며 진이 빠진 듯한 표정을 지어 보였다. 마이클만이 고개를 끄덕이며 흐뭇한 표정으로 건우를 바라보고 있었다.

"이, 이 건물이 그… '별과 달의 머무름'인가요?"

"네. 콘셉트 도안을 보니 그걸 표현하려고 한 것 같아서요."

"마, 맞습니다! 오오! 그, 그럼 이 부분은……."

콘셉트 도안과 비교해 보면 확실히 달랐다. 콘셉트 도안은 굉장히 모호해 보였는데, 건우가 그린 것은 뚜렷했으며 건물 자체에서 부드러움과 힘이 동시에 느껴졌다.

별과 달의 머무름은 대형 호텔의 이름이었다. 전생에서는 청월객잔이었는데, 건우는 자신만의 스타일로 바꾸었다. 진우 전생록의 모든 것은 전생의 모습과 많이 달랐다. 콘셉트 도안에 맞게 일부 축소해서 그려 넣었다.

건우는 계속되는 질문에 즉석에서 아예 건물의 투시도를 포함해 자세하게 그려주었다. 이렇게 그리다 보니 옛 생각도 나고 즐거웠다.

무엇보다 그녀를 만난 곳이었다. 때문에 더욱 아름답게 꾸미고 바꾸었다. 기둥 하나하나에도 정성을 다했다. 건물이 아니라 예술 작품이라고 표현해도 무리가 없을 것이다.

'추억을 아름답게 꾸미는 것…….'

진우전생록은 그러했다. 모두 사실이었지만 덧붙이거나 생략된 부분이 존재했다. 애초부터 건물과 복장 자체가 많이 달랐다. 진우전생록의 장르는 한국적인 동양 판타지였다.

건우의 그림을 보고 제이든과 디자이너들이 심각한 표정으로 회의에 들어갔다.

"기존 것들은 파기하는 게 맞죠?"

"그걸 말이라고 해? 불태워 버려."

수잔 킴의 말에 제이든이 말했다. 마크 힐먼은 황당한 표정으로 그들을 바라보았다.

"아, 아니, 일단 진정하고… 기, 기존 작업물을 좀 더 활용하는 쪽으로……."

마크 힐먼의 말에 제이든이 단호하게 고개를 저었다.

"우리는 큰 실수를 한 겁니다."

"으, 응?"

"그저 과거처럼 하면 되겠지, 이번에도 다르지 않을 거라고……. 그런 안일한 자세로 임했습니다."

"아니, 제이든 자네, 코피까지 흘리면서……."

"아닙니다! 피를 토하는 각오를 해야 했습니다. 과거의 제 모습이 너무 수치스럽네요."

"아, 응?"

제이든의 눈빛에는 광기가 서려 있었다. 건우가 감탄할 정도로 대단한 집착과 열망, 그리고 의욕으로 불타오르고 있었다. 마크 힐먼은 노트와 만들어온 콘셉트 도안을 번갈아 바라보다가 결국 고개를 끄덕일 수밖에 없었다.

그가 보기에도 레벨이 달랐다. 너무나 달라서 의욕이 꺾일 정도였다.

잠시 이야기를 나누다 보니 예정되어 있던 시간이 모두 끝났다.

"조금 더 시간을 내주실 수 없습니까?"

제이든이 간절한 표정으로 말했다.

건우가 즉석에서 그려준 것들이 굉장한 도움이 된 모양이다. 하로니 랜드와의 계약은 꽤 긴 기간이었다. 특별한 이유가 없는 이상 자동 갱신으로 연장하기로 했다. 테마파크를 시작으로 각종 캐릭터 상품도 만들어낼 예정이다. 좀 더 이들에게 자신이 만든 세계관을 보여줘야 할 필요성을 느꼈다.

"네, 궁금하신 점이 있으면 물어봐 주세요."

"아, 그럼……"

"말씀 중에 죄송합니다만……"

제이든이 기뻐하면서 질문하려는데 마크 힐먼이 조심스럽게 건우를 바라보며 말했다.

"옆 사무실에 저희 디자이너팀이 와 있는데 설명을 계속해주실 거면 그곳에서 하시는 것은 어떻겠습니까?"

"디자이너팀이요?"

건우는 딱히 상관이 없었다. 그러나 뒤에서 듣고 있던 마이클이 앞으로 나오며 제지했다.

"그 부분에 대해서는 사전에 이야기가 없던 것 같습니다. 진우 화백님께서는 지금도 굉장히 무리하시고 계십니다."

마이클이 웃으면서 말했다. 사람 좋아 보이는 웃음이지만 굉장한 압박감을 발산했다. 여담이지만 그를 에이전트로 둔 여러 연예인에게는 아주 좋은 사람으로 인식되고 있었는데, 일에 관련된 사람들에게는 마왕이라 불리고 있었다. 한 치의 이익도 양보하지 않는 모습은 악마를 보는 것 같았다.

생각해 보면 확실히 이런 계획은 없었다.

'뭐, 테마파크가 잘되면 나로서도 큰 이득이니. 마이클도 그걸 바랄 거고.'

마이클의 표정을 보니 그냥 한번 튕겨본다는 의도가 느껴졌다.

건우는 좀 더 이 세계관을 좋아해 주고 즐기고 공감해 주었으면 했다. 자신의 영화나 노래처럼 말이다. 분명 돈보다도 훨씬 가치가 있는 일이었다.

"마이클 씨, 괜찮습니다. 테마파크가 잘되면 저도 좋고 하로니도 좋고 UAA도 좋잖아요."

"음, 정 그러시다면야……."

마이클은 계약 조건을 다시 검토해 보자고 했지만 건우는 그만하면 되었다고 생각했다. 이미 하로니에서는 꽤 많은 것을 양보해 주었기 때문이다.

"감사합니다."

마크 힐먼이 감사를 표했다.

내색하진 않아도 건우의 넓은 마음에 살짝 감동한 눈치였다.

접대실에서 나와 사무실 쪽으로 향했다. 사무실 안을 살펴보니 사람들이 굉장히 많았다. 어째서 버스가 건물 앞에 세워져 있는지 이해할 수 있었다. 하로니의 디자이너나 그와 관련된 사람들은 다 온 것 같았다. 최초로 진우 화백을 만날 수 있으니 휴가까지 내고 온 이들도 많았다.

'하로니에게도 중요한 사업이긴 하겠지만…….'

물론 이 사업은 대단히 중요하기도 했다. 하지만 이렇게 많은 사람들을 보니 무언가 조금 핀트가 어긋난 것 같은 느낌이 들었다.

마크 힐먼, 디자이너들과 함께 건우가 등장하니 침묵이 깔렸다. 건우의 모습은 확실히 이상하기는 했다.

'뭐 그래도 하로니와 어울리는 모습이겠지.'

각종 캐릭터가 뛰어다니는 하로니와 지금 건우의 모습은 꽤 잘 어울릴 것 같았다.

"진우 화백님이십니다."

"오, 오오오오!"

"와아!"

마크 힐먼이 건우를 소개하니 환호와 감탄이 폭발했다.

건우는 가볍게 인사를 하고 질문을 받았다. 폭풍 같은 질문이 쏟아졌다. 건우는 대답을 해주다가 말로 모든 것을 설명하는 데 한계를 느꼈다. 그러니 마치 기다리고 있었다는 듯 최신 장비가 빠르게 설치되었다.

건우는 작품에 나오는 모습만으로는 참고하기 힘든 건물이나 배경, 소품 등을 즉석에서 그려 보여주었다. 그러다가 기존 작업물이나 도안들을 피드백하는 방식으로 이야기를 진행했다. 그렇게 하다 보니 거의 수업 같은 분위기가 되어버렸다.

존경심과 열정을 마구 표출하니 건우로서도 의욕이 생겼다. 건우가 선을 하나 그을 때마다 감탄이 이어지니 건우는 이 맛에 가르치는구나 싶었다.

'무림고수들도 이런 맛에 제자를 기르는 건가?'

가르치면서 배운다는 것은 이미 실감하고 있었고, 그것 외에 색다른 기분을 느낄 수 있었다.

예정된 시간을 훌쩍 넘었지만 쉬자는 말조차 나오지 않았다. 잠시 휴식이라도 취하게 된다면 이 만남이 끝날 것 같아서였다. 여기 있는 모두에게는 일분일초가 금방 지나가 버리는 것이 너무나도 아쉬워 보였다.

해는 이미 저물어 있었다.

건우는 잠시 쉬는 시간을 갖자고 했다. 그러나 건우 이외에는 모두 그 자리에서 미동도 하지 않았다.

그걸 본 건우는 웃으면서 다시 시간을 잡자고 제의했다. 건우의 말을 들은 마크 허밀과 다른 이들은 크게 기뻐했다. 건우는 마이클을 바라보았다.

"마이클 씨, 괜찮겠죠?"

"네, 저야 상관없습니다. 그런데……."

마이클이 건우를 보며 웃었다.

"괜찮으시겠습니까?"

"뭐가요?"

"아주 오랜만의 휴가이지 않습니까?"

그러했다. 아주 오랜만에 맞이하는 짧은 휴가였다. 그 이후로도 촬영 때만큼 스케줄이 꽉 차 있었다. 지금이 휴가 기간이었다. 덕분에 건우는 딱히 스케줄 조정을 할 필요 없이 그 자리에서 스케줄을 정할 수 있었다. 건우는 괜찮지만 여기에 있는 디자이너들은 어떨까 싶었는데, 모두 문제없다는 반응이었다.

'뭐… 휴가 온 거라고 생각하면 되겠지.'

그런 분위기가 전혀 나지 않았지만 일하는 느낌은 들지 않았다. 물론 공짜로 해주는 것이 아니라 그에 합당한 대가를 받기로 약속했다. 마이클이 이런 쪽에 관해서는 확실하게 처리해 주었다.

건우는 왠지 하로니와 지금보다도 더 특별한 관계가 될 것 같은 강렬한 느낌이 들었다.

"주변에 호텔 없어?"

"그냥 텐트 쳐!"

"여기에 작업실을 차리는 건 어때?"

"그럼 UAA 쪽과 이야기를……."

건우가 내린 결정의 여파는 대단히 컸다.

모두 대단히 바빠 보였다. 바로 주변에 숙박 시설을 예약하기 시작했다. 건물 부지 앞에 텐트를 치겠다는 이들도 있었다.

건우는 정말로 특별한 휴가라고 생각했다.

7. 따스한 방문

건우의 휴가는 말 그대로 삭제되었다. 하루 정도만 시간을
내려 했지만 건우도, 하로니 디자이너도 의욕으로 불타올라
결국 며칠 더 연장하다가 휴가를 다 써버리고 말았다.

아예 진우전생록에 대한 강의가 되어버렸고, 디자이너들은
고3 수험생, 또는 고시생처럼 보일 정도로 열심이었다.

만약 대학에 진우전생록 학과가 생긴다면 아마 이런 광경이
지 않을까 하는 광경이었다. 듣기로는 정식 학과는 아니지만
연구하는 동아리나 강의는 있다고 한다. 인기가 굉장히 많다
고 한다. 하로니의 디자이너에게 들었는데 건우도 꽤나 놀랄

수밖에 없었다.

그렇게 건우의 짧은 휴가가 지나갔다. 일주일 정도 되는 휴가가 완전히 사라져 복귀하자마자 후반 작업에 열중해야 했다.

촬영을 하며 이미 대부분의 곡을 구상해 놓았기 때문에 작업 속도는 굉장히 빨랐다. 녹음 작업을 끝내고 잭, 그리고 여러 스태프와 함께 편집 작업을 했다. 건우는 잭에게서 후반 작업에 대해 굉장히 많은 것을 배울 수 있었다.

후반 작업 일정은 계획보다 늘어나게 되었다. 큰 문제가 있는 것은 아니고 아무래도 유니크 스튜디오가 신생 회사이다 보니 외부에서 작업하는 경우가 많았기 때문이다.

라인 브라더스 픽처스에서 진행했을 때와는 차이가 날 수밖에 없었다.

아쉬운 점은 '존 리 페인'이 칸 영화제의 비경쟁 부문의 스페셜 스크리닝에 초청되었지만 후반 작업이 늦춰지는 바람에 잭이 허락하지 않았다는 것이다.

다른 영화제에 비해 보수적인 부분이 강해 판타지나 SF 같은 경우에는 경쟁 부문에 오르기 힘들었다. '존 리 페인'과 같이 다소 과격한 액션 장르도 그러했다. 그럼에도 불구하고 할리우드 영화가 제법 많이 참여했는데, 홍보가 주목적인 이유가 컸다.

그렇게 시간이 지나자 드디어 후반 작업이 완료되고 이제 개봉 날이 정해졌다. 2차 예고편이 나가고 반응은 가히 폭발적이었다. 같은 날 예고편을 공개한 '골든 시크릿'의 흔적 자체를 아예 말끔히 지워 버릴 정도의 폭발력이었다.

개봉에 앞서 시사회 날이 잡혔다. 처음으로 '존 리 페인'이 극장에서 공개가 되는 날이었다. 건우와 잭에게는 의미가 큰 날이었다. 건우로서는 첫 단독 주연 영화였고, 잭은 제작과 연출 모두에 관여한 첫 작품이기 때문이다. 그리고 건우의 영화음악가로서 첫 데뷔가 되는 영화였다.

건우는 차고로 향했다.

UAA가 임대해 준 집에서 머물던 건우는 최근에 LA 베벌리힐스(Beverly Hills)에 집을 하나 구입했다. 베벌리힐스의 집 중에서도 손꼽히는 가격의 저택이었다. 최근에 지어진 건물로, 돈이 많다고 해서 구입할 수 있는 곳이 아니었다. 아무에게나 팔지 않고 일정 자격을 갖춘 이들에게만 판매했는데, 잭과 마이클의 추천도 있고 여러 가지 상황을 고려해서 구입했다.

'상당히 유명하다고는 하는데……'

굉장히 유명한 집이었는데, 건우는 그런 건 잘 몰랐다. 큰 관심도 없었다. 그냥 LA와 인연이 계속 이어질 것 같아 기왕이면 좋은 집으로 사자 해서 구경했는데, 그 자리에서 계약하게 되었다. 그만큼 마음에 들었다.

속전속결로 구매하게 되어 이 집에 대해서 알아본 것은 거의 없었다. 잭의 집도 이 근처에 있었다. 본래도 유명한 이곳은 건우가 사는 동네로 더욱 유명해져 버렸다.

'뭐가 좋을까?'

건우는 차고에 놓인 차량들을 바라보며 잠시 생각에 빠졌다. 건우가 산 차량은 SUV 하나였는데, 스포츠카나 다른 차들은 UAA, 하로니, 그리고 잭이 선물해 준 것들이다. 건우에게 차가 없다는 사실을 알고 그들이 선물해 준 것이었는데, 정신을 차리고 보니 보유한 차량이 넉 대가 넘어갔다.

하나같이 모두 쉽게 구할 수 없는 것들이었다.

'돈을 쓸 때는 써야지.'

요즘 들어 씀씀이가 확 커진 감이 있었다.

사치를 할 생각은 없었지만 자린고비처럼 살 생각도 없었다. 돈을 쌓아놓고 살 것은 아니지 않은가? 게다가 벌어들인 돈, 앞으로 벌어들일 돈을 생각해 볼 때 이런 건 사치 축에도 끼지 못했다.

'이러다가 개인 비행기도 사겠는데.'

하나 사놓으면 꽤 편할 것 같기는 했다.

SUV를 골랐다. SUV에 타기 전에 차고에 있는 거울을 잠시 바라보며 옷매무새를 고쳤다.

건우는 드물게도 꽤 격식 있게 차려입었다. 이런 옷을 입어야 할 곳이 아니라면 건우는 최대한 편하게 입는 편이었다.

공식적인 스케줄이 있는 것은 아니었다. 시사회 전까지 아무런 스케줄이 없었다. 그러나 오늘은 아주 중요한 날이었다.

넥타이를 맨 건 너무 딱딱해 보이나 싶어 넥타이를 풀었다. 풀고 나니 조금 어색해 다시 매보았다. 그렇게 풀었다 매다를 반복하다가 결국 넥타이를 풀었다.

'존 리 페인' 촬영이 끝난 후 단정하게 자른 머리를 만지니 나름 만족할 수 있는 모습이 거울에 비춰졌다.

건우는 고개를 끄덕였다.

약간 삐져나온 머리카락은 손에 날카로운 기운을 일으켜 잘라 버렸다.

"이 정도면 되겠지."

그렇게 말하고도 한참이나 거울을 살펴보다가 겨우 차에 올랐다. 차를 몰고 집을 빠져나왔다. 건우가 차를 몰고 향하는 곳은 공항이었다.

건우는 이번 시사회에 특별한 손님들을 초대했다. 바로 건우의 어머니와 진희였다. 석준을 포함한 YS의 지인들, 친구들도 초대했는데 오늘은 석준과 진희, 그리고 어머니가 오기로 되어 있었다. 진희가 어머니를 모시고 올 것이고, 시선을 의식해 석준 역시 같이 올 예정이다. 다른 YS의 식구들은 시사회

당일에 오기로 되어 있었다.

'정말 오랜만이네.'

어머니도 진희도 미국으로 오고 난 이후 처음 만나는 것이다.' 영상통화나 전화를 꾸준히 해왔지만 그래도 실제로 보는 것에 비할 바는 아니었다.

건우의 어머니는 가게를 닫고 직원들에게 모두 휴가를 준 다음 오는 것이다. 어머니의 인생에 있어서 첫 해외여행이었다.

차를 몰고 가던 건우는 신호에 걸리자 멈추고는 깊은 숨을 내쉬었다.

"후-우."

건우답지 않게 깊은 숨을 내쉬었다.

가슴이 대단히 설레었다. 긴장하는 것이 굉장히 오랜만이다. 건우에게는 이제 생소해진 감정이었다.

건우는 피식 웃고는 공항으로 향했다. 한국에 있을 때는 운전을 거의 하지 않아 오히려 LA가 더 익숙했다.

익숙한 햄버거 가게가 보였다. 햄버거 가게의 간판에는 이곳에서 나온 스타인 안나의 얼굴이 붙어 있었다.

자신을 롤 모델이라고 늘 말하며 다니는 가수였다.

그녀가 열심히 활동하면서 좋은 성적을 내고 있어 뿌듯했다. 이번 시사회에도 초대했는데, 해외 일정이 있음에도 불구하고 바로 날아오겠다고 말해왔다.

"골든 시크릿'에서도 나한테 초대장을 보냈던데……'

'골든 시크릿'의 시사회는 '존 리 페인' 시사회가 있고 난 3일 뒤였다. 건우는 흔쾌히 그 제안을 받아들였다. 그로 인해서 에란 로비나 스테판을 포함한 친구들에게 거리낌 없이 '존 리 페인'의 초대장을 보낼 수 있었다.

그걸 들은 잭은 라인 브라더스 픽처스의 관계자에게도 초대장을 뿌리고 또 초대장을 받았다. 초대장이 마치 도전장처럼 느껴졌다.

할리우드에서도 보기 드문 광경이었다.

<오가는 살벌한 초대장, 시작된 진검 승부!>
<서로 흔쾌히 초대를 승낙하다!>
<소리 없는 전쟁!>
<전문가들의 판단은?>

그 소식을 들은 기자들이 이런 제목의 기사를 써서 내보냈다. 건우는 크게 신경 쓰고 있지 않았다. 판단은 대중들이 해줄 것이다. 배우, 감독, 평론가들이 아무리 떠들어대도 대중이 좋아해 주지 않으면 그건 실패한 영화였다.

아무튼 공항에 마중을 나가는 것에 대해서는 새어 나가지 않도록 조심했기 때문에 미리 알고 몰려온 기자나 팬은 없을 것이다. 그래도 기가 막히게 냄새를 맡고 온 파파라치들의 기척이 느껴지기는 했다. 벌써부터 바싹 따라붙기 시작한 파파라치의 차량이 보였다.

건우의 사생활 사진은 그 어떤 스타의 사진보다 가격이 높았다. 일단 찍기만 하면 신문사들이 고액을 제시한다고 한다. 찍힌 적이 드물었는데, 잭이나 배우들과 같이 다니다 보면 어쩔 수 없이 찍힐 때가 있었다. 찍힐 때마다 고액으로 팔리니 파파라치들이 기를 쓰고 건우를 스토킹했다. 건우를 잘 따라다니며 괜찮은 사진만 건져도 인생을 역전한다는 말이 들려오고 있었다.

그러나 사생활은 좀처럼 찍을 수 없었다. 이미 파파라치 때문에 피해를 본 경험이 있어 그렇게 해줄 건우가 아니었다. 건우가 성격이 조금만 더 사악했더라면 파파라치들은 진작 병원에 실려 갔을 것이다.

건우가 잠시 대형 마켓의 주차장에 차를 대자 파파라치들을 태운 차량도 따라 들어왔다. 나름 티를 내지 않기 위해 노력했지만 건우의 기감에서 결코 벗어날 수 없었다. 파파라치가 지닌 마음과 의도마저 느껴졌다.

아주 탐욕스럽고 더러운 느낌이었다.

건우는 차에서 내리지 않고 파파라치의 차량을 바라보았다. 파파라치들이 들고 있는 대포와 같은 카메라가 보였다. 꿍장히 비싼 렌즈로 보였다.

'화경의 경지가 이래서 좋군.'

예전 같았으면 파파라치들을 기절시키는 정도에 그쳤지만 내력 컨트롤이 자유로워져 여러 가지를 할 수 있었다.

피식 웃으면서 무형지기를 방출했다. 정확히 파파라치들의 차량을 노렸다. 타이어가 펑크 나더니 차량이 공기 빠지는 소리와 함께 주저앉았다. 깜짝 놀란 파파라치들이 허둥거릴 때 무언가 부서지는 소리가 들렸다.

렌즈가 깨지고 카메라가 내부에서부터 박살 난 것이다. 파파라치들은 펑크가 난 차량 때문에 그것을 신경조차 쓰지 못했다. 정확히 넉 대의 차량 모두 바퀴가 터져 버렸고, 그들이 소지하고 있던 카메라가 모두 고장 났다. 핸드폰도 박살을 내 버렸다. 조금 더 악독한 마음을 먹으면 파파라치의 다리를 모조리 부러뜨릴 수 있었지만 그렇게까지는 하지 않았다.

'그래도 일반인이니……'

그러나 이 이상 정도가 지나치다고 판단되면 가차 없이 팔다리를 부러뜨릴 것이다. 특히 오늘 같은 날에는 말이다.

건우는 차에서 내려 대형 마켓으로 들어갔다. 들어가자마자 시선이 몰렸고, 가볍게 물을 고를 때쯤에는 사람들이 몰려들었다.

"이, 이건우!"

"와아!"

"정말 이건우 씨 맞아요? 사인 좀 해주세요!"

사인을 요청하는 사람들이 많았다. 매장 안에서 팬서비스를 하면 민폐를 끼칠 수 있으니 정중히 매장 밖에서 해주겠다고 말하고 밖으로 나왔다.

"사진 좀 찍어주실 수 있나요?"

"팬이에요!"

"하느님 맙소사! 내 앞에 이건우가 있다고!"

매장은 한가한 편이라 몰려나온 사람은 많지 않았다. 건우는 웃으며 사인을 해주고 한 사람씩 사진을 찍어주었다. 건우는 외출을 거의 하지 않았기에 굉장히 희귀한 장면이었다. 이곳에 있는 사람들은 복권이라도 당첨된 기분이 되었다.

파파라치는 속으로 대박이라고 외치면서 다급히 카메라를 들고 건우의 그런 모습을 찍으려 했다.

그러나 찍히지 않았다.

"이, 이거 왜 이래?"

"미친!"

카메라가 모조리 망가져 버렸기 때문이다. 다급히 핸드폰을 꺼냈지만 핸드폰 역시 그러했다.

"저희 애가 팬인데……."

"그래요? 오, 아이가 참 잘생겼네요. 배우를 해도 되겠어요."

"정말요?"

건우는 아이를 안고 아이의 어머니와 함께 사진을 찍었다. 아이는 건우를 빤히 바라보다가 건우의 기운이 포근한지 잠이 들었다.

매장 근처에서 간단히 점심을 해결하고 있던 경찰들과도 사진을 찍었다.

"제 사촌이 네이비씰 대원입니다. 크흐, 이건우 씨 이야기를 어찌나 하던지……."

"그래요?"

"우리 경찰서 애들 데리고 극장 꼭 갈게요."

"하하! 감사합니다."

그 자리에서 조금 수다를 떨었다.

건우는 여유롭게 팬서비스를 해준 후 차에 올랐다. 파파라치는 떠나는 건우를 허망한 눈으로 바라보고 있었다. 파파라치는 조심스럽게 핸드폰을 바라보고 있는 소녀에게 다가갔다. 소녀는 세상에서 가장 행복한 미소를 짓고 있었다.

"크, 크흠, 저기……."

"응? 왜요?"

"아저씨한테 그 사진 팔지 않을래?"

소녀는 껌을 씹으면서 어이없다는 눈으로 파파라치를 보며 핸드폰을 보여주었다. 에드스타에 올라간 것이 파파라치의 눈에 보였다.

"이미 올렸거든요? 아저씨, 파파라치예요?"

"아, 아니, 기자란다. 그거 지우고 나한테 팔면……."

"싫은데요? 제가 왜요?"

"그러지 말고… 이거면 되니?"

파파라치가 지갑에서 지폐를 꺼내자 소녀는 고개를 설레설레 저었다.

"어이, 거기!"

구석에서 지켜보고 있던 경찰들이 다가왔다. 딱 봐도 모양새가 이상했다. 아주 수상한 광경이었다.

파파라치는 식은땀을 흘렸다. 파파라치는 그 뒤 꽤나 고생했다고 한다.

건우는 공항에 도착했다. 건우의 차량을 알아보고 중간중간 따라붙는 파파라치들이 있었지만 모두 처리했다.

건우의 능력이 없었다면 파파라치들이 몰려와 코앞에서 카메라를 들이밀었을 것이다. 건우는 파파라치에게는 가차 없었다. 오늘같이 좋은 날을 망칠 수는 없었다. 그들의 차와 장비를 모조리 박살 내고 그래도 쫓아올 의도가 보이면 기절시켰다.

'너무 일찍 도착했나?'

공항에 도착한 시간은 도착 예정 두 시간 전이었다.

공항에 차를 세워놓고 기다렸다. 이 기다림의 시간이 대단히 길게 느껴졌다.

건우는 핸드폰을 잠시 뒤적거렸다. 매장에서 있었던 일이 벌써부터 퍼져 나가고 기사로까지 나오고 있었다. 굉장히 빠른 속도였다.

에이미
두근거려 미치는 줄 알았어!
건느님 너무 친절하심.
[사진 첨부: 건느님과 같이.JPG]
건느님 웃는 거 보고 쓰러진 사람들도 있어.
굉장한 파괴력이야!
#건느님#같이사진#찬양모드

SNS나 댓글에서 흥분이 느껴졌다.

이렇게 극찬 일색인 것은 그동안 쌓아놓은 이미지가 만들어낸 성과였다. 사생활이 가장 깨끗한 스타, 가장 올바른 스타로 꼽히는 건우였다.

'시간이 되었네. 나가볼까.'

드디어 도착 시간이 되었다. 건우는 선글라스와 마스크를 쓰고 도착 게이트로 향했다. 기척을 완전히 지우고 있어 주변 사람들은 건우에 대해 크게 신경 쓰지 못했다. 건우가 파파라치에게 찍히는 사진이 거의 없는 이유이기도 했다. 집 근처에 매복해 있다가 차를 보고 따라오는 것은 어쩔 수 없지만 말이다.

도착 게이트 앞에서 가족들을 기다리는 사람들도 보였다. 다른 누군가를 기다리는지 피켓을 들고 있는 이들도 있었다. 모두 먼 길 오는 이들을 설렘과 함께 기다리고 있었다. 건우도 마찬가지였다.

'왔다!'

가장 먼저 석준이 보였다. 짐을 아주 잔뜩 들고 있었는데 아예 이민을 온 것 같은 느낌이 들 정도였다. 그리고 진희와 어머니가 보였다. 진희는 건우의 어머니와 나란히 걸어나오고 있었다.

어머니는 함박웃음을 짓고 있었다.

'첫 여행이시니······.'

마음이 울컥했다. 그동안 일하시느라 여행다운 여행을 단한 번도 하지 못했다. 건우가 연예인이 된 이후에도 그러했다. 오히려 식당 일에 더욱 매진해서 바쁘게 사실 뿐이었다. 단독 주연 영화의 첫 시사회라는 핑계로 오시라고 하기를 잘한 것 같았다. 건우가 어머니를 설득하는 데 일주일 정도 걸렸다.

건우가 선글라스와 마스크를 벗었다. 그리고 기척을 드러내며 손을 흔들었다. 건우가 달려가 어머니의 가방을 들었다.

"오시느라 고생하셨어요."

"고생은 무슨, 진희랑 이야기하느라 시간 가는 줄 몰랐단다."

"하하, 그래요? 첫 비행은 어땠어요?"

"나름 괜찮더구나. 기내식도 맛있고."

1등석으로 모셨으니 쾌적한 여행이었을 것이다. 건우는 즐거워 보이는 어머니의 모습에 환하게 웃을 수 있었다.

"그런데 너 바쁜 거 아니니? 이렇게 나와도 돼?"

어머니가 걱정스러운 표정으로 말하자 건우는 고개를 저었다.

"아뇨, 저 당분간 휴가예요. 영화 홍보 일정만 끝나면 백수죠. 그때는 저 고용 좀 해주세요."

"너 하는 거 보고."

"하하!"

건우는 어머니 옆에 있는 진희와 눈이 마주쳤다. 그녀의 눈빛에는 따스한 감정이 담겨 있었다. 건우가 웃자 그녀도 따라 웃었다.

말을 하지 않아도 서로가 어떤 마음인지 알고 있었다.

"야, 나도 있어."

"아, 형님, 오랜만이네요."

"그래. 음, 역시 LA는 공기가 다르구나. 하하! 어머님, 제가 싹 다 안내해 드리겠습니다. 할리우드 전문가에게 맡겨주세요."

석준이 건우의 어머니에게 말했다. 석준은 LA에 몇 번 와본 것이 전부였는데 자신감이 넘쳤다. 건우는 석준의 그런 모습에 별다른 말을 하지 않았다.

"어? 저, 저기 이건우 아니야?"

"오?!"

"꺄악!"

건우는 현재 얼굴을 드러내 놓고 있었기에 시선이 몰렸다. 핸드폰을 들고 다가오는 사람이 많아지자 건우는 자리를 옮겨야 할 필요성을 느꼈다.

"일단 차로 가시지요."

건우는 차 쪽으로 빠르게 이동했다. 건우의 어머니는 주변에 있던 외국인들이 건우의 이름을 부르면서 따라오는 게 신기해했다. 아들이 세계적으로 유명한 연예인인 것은 알았지만 이렇게 외국인들마저 따라다니면서 좋아하니 신기하게 느껴졌다.

건우가 있다는 소리를 듣자마자 맹렬한 기세로 달려오는 사람들도 많았다.

"여기 좀 봐주세요!"

"와아!"

차에 도착해서 주변을 바라보니 사람들로 득실거렸다.

그야말로 월드스타의 위엄이 느껴지는 장면이었다. 진희도 그 광경을 감탄하며 바라보았다. 그녀도 한국에서 유명한 배우였지만 이런 광경은 실제로 본 적이 없었다.

진희는 굉장히 뿌듯해졌다.

"오! 차 좋은데? 이런 모델은 처음 봐."

"괜찮죠? 편하게 타기 좋아요."

석준은 건우의 차에 시선이 팔려 있었다. 건우가 직접 구입한 차는 특별한 차량이기는 했다. 건우가 차량을 구매하려고 하자 유명 자동차 회사에서 건우를 위해 특별히 커스텀해 준 SUV였다. 세계에서 단 한 대뿐인 차로 그만큼 가격이 어마어마했지만 건우는 다른 차보다도 편하게 탈 수 있어서 타고 다니고 있었다.

건우는 사람들에게 손을 흔들어준 후 운전대를 잡았다. 석준이 조수석에 앉았고 어머니와 진희가 뒤에 앉았다.

"그럼 출발할게요."

"오오! 가자!"

"석준 오빠, 너무 들뜬 거 아니에요?"

진희가 그렇게 말했지만 석준은 아랑곳하지 않았다. 여전히 텐션이 무척이나 높았다. 어머니는 그 모습을 보고 웃고는 건우를 바라보았다.

"집으로 가는 거니? 그 빌린 집?"

"아, 말씀 안 드렸군요. 얼마 전에 집을 구매했거든요."

"그럼 가서 청소랑 정리 좀 해줘야겠구나."

"아니요. 이미 다 해서… 깨끗해요. 가서 편하게 쉬시면 돼요. 미국에 계시는 동안은 놀기만 하자구요."

어머니의 말에 건우는 그렇게 말하며 어색한 웃음을 그렸다. 예전에 자취방을 청소해 주러 오실 때가 있었다. 그때만큼은 아니더라도 한국에서의 집을 상상하고 계신 것 같았다. 한국에서의 집이나 별장도 굉장히 넓은 편이었지만 사람을 쓸 정도는 아니었다.

그러나 이번에 건우가 산 집은 달랐다.

'UAA가 임대해 준 집보다 넓으니……'

역시 저택이라 부르는 편이 옳을 것이다. 건우도 얼마 전에 구매하고 이사 온 터라 아직 집에 대해 전부 파악한 것은 아니었다. 아직 인테리어가 끝나지 않은 곳도 있었다.

건우는 차를 몰고 집으로 향했다. LA의 풍경을 보고 좋아하시는 어머니를 보니 그것만으로도 마음이 기뻤다.

건우가 룸미러로 어머니와 진희를 바라보았다.

어머니는 진희를 상당히 예뻐했다. 건우가 없을 때도 식당에 자주 방문하고 있었고, 진희의 동생이 어머니의 직원이었다. 건우에게 말은 안 하고 은근히 둘 사이를 응원하고 있었는데, 연인이 된 지금은 그녀를 딸처럼 아끼고 있었다. 자신보다 진희를 더 좋아하는 것 같은 느낌이 들 때도 있었다.

차를 몰고 베벌리힐스로 들어가니 석준이 그걸 알아채고 감탄했다.

"여기에 집 산 거야?"

"네, 어쩌다 보니……."

"오… 그래, 이건우라면 이 정도는 되어야지! 음, 나도 여기에 하나 살까?"

석준이 진지한 표정으로 말하자 건우는 피식 웃었다.

"형수님께 등짝 맞을걸요."

"하기야… 요즘 미국병 걸렸다고 뭐라고 하더라."

"그래미상을 탄 스타신데 미국병은 아니죠."

"그렇지? 하하!"

국내 최고의 소속사 대표답지 않게 석준의 생활은 무척이나 검소한 편이었다. 기껏해야 차를 모으는 정도였다.

"어머님, 저 집 예쁘죠?"

"그래, 무슨 집이 성 같네."

진희와 어머니가 집들을 보며 이야기를 나누고 있었다. 베벌리힐스는 할리우드와 가까워 많은 영화배우들이 거주하고 있었다. 스타들의 집들을 궁금해하는 팬들이 많아 그들을 위한 베벌리힐스 투어도 있었다.

베벌리힐스 북쪽으로 차를 몰았다. 그곳은 베벌리힐스 중에서도 초호화 저택이 늘어선 곳이었다. 부촌(富村)이라는 말을 절실하게 체험해 볼 수 있는 곳이었다.

"아! 맞다!"

석준이 무언가 생각난 듯 건우를 바라보았다.

"이쪽에 엄청 유명한 장인이 직접 설계하고 만든 집이 있다던데. 아무나 못 산다고 하더라. 무슨… 그 장인이 아예 구매자 면접까지 본다던데?"

"그래요?"

"나는 언제가 되어야 그런 집에서 살아보나."

"집이야 그냥 적당히 살 만하면 되죠."

"너도 보면 반할걸? 인터넷 사진으로 봤는데 진짜 장난 아니더라."

건우는 피식 웃었다.

집을 사는 데 면접까지 볼 필요가 있을까? 그래도 세상에는 특이한 사람들이 많으니 사려고 하는 사람은 분명 있을 것 같았다.

'물론 나는 아니지만.'

건우는 그렇게 생각했다. 건우는 궁금해졌다.

그런 집이 있다는 소리는 들은 적이 없기 때문이다. 있었으면 구경이라도 갔을 것이다.

"그런데 이곳에 그런 집이 있어요?"

"어, 확실해."

"얼마나 멋진 집이길래⋯⋯."

"크흐! 집이 아니라 그냥 예술 작품이더만. 뭐라고 해야 하나⋯⋯. 전통과 미래의 균형이라고 해야 하나? 동서양의 밸런스가 딱 적당히 맞춰져 있는 느낌. 약간 미래적인 디자인인데, 그게 주변 집들과 신기하게 어울리는 걸 보면⋯⋯."

석준의 설명에 건우뿐만 아니라 진희와 어머니도 빠져들었다. 석준도 신이 나서 설명을 해주었다. 미국에 대해서 건우보다 더 잘 아는 척할 수 있으니 신이 날 수밖에 없었다.

"그 장인, 이름이 뭐라더라? 아무튼 세계적인 건축가인데, 집 짓는 데 들어가는 돌 하나하나 직접 골랐대. 맞아! 저 집이야!"

"응?"

석준이 손가락으로 집 하나를 가리켰다. 모두의 시선이 그 집으로 쏠렸다. 진희의 눈이 커졌다.

"와, 집 예쁘다. SF 영화 속에 나오는 집 같아."

"저런 데 사람이 사는 거 맞니?"

어머니도 집을 보며 감탄했다.

건우만이 다른 표정이었다. 조금 혼란스러운 눈빛이었다. 뭐라고 말해야 할지 감을 잡을 수 없었다.

건우의 차가 그 집을 향해 다가갔다.

"오! 가까이서 보니 더 멋지네! 아마 이제 이쪽으로 투어 오는 사람들 많아질걸?"

석준이 흥분하며 말했다. 그렇지 않아도 최근 배포하는 관광 지도에 이 저택이 주요 코스로 추가되어 있었다.

"음, 건우야, 구경 다 했으니까 이제 가자. 이제 네 집도 구경해야지."

"맞아. 어머님, 안 힘드세요?"

"괜찮단다. 음, 멋진 곳도 구경하고 참 좋구나."

모두 만족한 모습이었다. 건우가 모르는 체하면서 일부러 이곳으로 데리고 온 것이라고 생각했다. 드라이브하면서 구경하기에 좋은 곳이니 말이다. 석준은 그런 건우의 배려 넘치는 모습에 속으로 살짝 감동한 상태였다.

건우의 차가 집 앞에서 멈추었다. 모두 이제 차를 돌릴 것이라 생각했다. 그러나 펼쳐진 광경은 그것이 아니었다.

문 쪽에서 불빛이 번쩍이더니 자동으로 문이 열렸다

차르륵!

작동되는 원리는 잘 몰랐지만, 차량 번호와 차량에 붙어 있는 인식표를 스캔해서 문이 열리는 방식이라고 한다. 번거롭게 따로 조작할 필요가 없었다.

모두가 눈을 껌뻑이며 건우를 바라보았다.

건우는 별다른 말을 하지 않고 차를 몰았다.

이 집은 바로 건우의 집이었다. 석준이 말한 설명은 건우도 모르고 있었다.

'그러고 보니……'

마이클이 추천해 줘서 이 집을 설계한 건축가, 그리고 소유주와 밥을 한 끼 먹기는 했다. 집이 마음에 들어서 구매했는데, 딱히 배경 설명에 대해서는 듣지 않았다. 절차상으로 까다로운 부분은 전혀 없었기 때문이다. 그냥 마이클에게 맡기고 돈을 지불한 것밖에 없었다.

기왕이면 좋은 집을 구매하자는 생각에 가격이 조금 비싸기는 했지만 그냥 그 자리에서 구매해 버렸다.

'설마 그 정도로 유명할 거라고는……'

후반 작업이 끝나기 전이어서 신경 쓰지 못한 탓도 있었다. 건우의 차가 저택 안으로 들어오자 차고의 문이 열렸다. 차고는 지상에 존재하지 않았다. 우주선의 입구 같은 문으로 들어가자 저택의 지하로 이어졌다. 차고는 굉장히 넓었다. 여러 차가 전시되듯 들어서 있어서 마치 박물관 같은 느낌도 났다.

건우가 차를 대고 시동을 끄자 석준이 건우를 바라보았다.

"사실 여기 제 집인데요."

"헐……!"

석준이 멍한 표정이 되었다. 진희와 어머니도 마찬가지였다. 건우는 뭐라 말할지 난감해하다가 어색하게 웃으면서 입을 떼었다.

"제 집에 오신 걸 환영해요."

석준이 얼떨떨한 표정으로 고개를 끄덕였다. 진희 역시 그러했다. 어머니는 진지한 표정으로 건우를 바라보았다.

"집이 참 넓구나. 청소는 어떻게 하니?"

"도와주시는 분들이 주기적으로 오세요."

"그럼 다행이네."

어머니는 천천히 고개를 끄덕였다.

건우는 어머니의 짐을 들고 차고에서 나왔다. 엘리베이터가 있어 바로 집과 이어졌다. 어머니는 너무 과소비한 것이 아니냐고 걱정하시다가 집을 둘러보고는 굉장히 만족해하셨다. 특히 주방이 마음에 드신 모양이다. 어머니는 한국에서 싸온 여러 가지 것들을 꺼내 냉장고에 넣었다.

아들이 잘 챙겨 먹고 있는지 검사하는 것도 잊지 않았다.

"오, 예술이다, 예술! 캬! 리온이 보면 난리 나겠는데. 건우야, 리온 오면 속여 볼까?"

"재미있겠네요."

"집 구경 좀 할게!"

석준은 그렇게 말하며 집을 둘러보기 바빴다. 진희는 집보다 건우를 보기 바빴다. 건우에게서 시선이 떨어지지 않았다.

"잘 왔어."

"응. 보고 싶었어."

건우는 진희의 말에 부드럽게 웃었다.

멋진 집, 친구, 가족, 연인.

모든 것이 완벽했다. 건우는 오늘같이 완벽한 날은 인생에 몇 번 없을 거라 생각했다.

*   *   *

시사회가 있기 전 건우는 어머니와 함께 LA 관광을 했다. 쇼핑도 하고 좋은 곳에서 식사도 했다. 파파라치에게 찍히는 것은 어쩔 수 없었지만, 방해될 정도로 접근했을 때는 가차 없이 응징했다.

할리우드 투어도 하고 라인 랜드까지 다녀왔다. 건우의 유명세 때문에 놀이 기구는 타지 못하고 그저 둘러보고 오는 정도였지만, 어머니는 라인 랜드에 아직 남아 있는 건우의 흔적을 보고 굉장히 기뻐했다. 건우는 지금까지 저렇게 좋아하시는 어머니의 모습을 본 적이 없었다. 마음이 너무 찡했다. 전생의 기억을 찾았어도 그동안 너무 무심했다. 일도 중요하지만 가족과 비교할 수는 없었다. 건우는 어머니와 관광을 하며 자신을 돌아보는 시간을 가졌다.

건우의 많은 것이 바뀌는 순간이었다.

진희와도 시간을 보냈다. 파파라치 때문에 주로 집에서 보냈지만 그래도 행복한 시간이었다.

"어머님, 너무 잘 어울려요!"

"그러니?"

"네! 와! 역시 탁월한 선택이었어요!"

진희가 건우의 어머니를 보며 눈을 반짝였다. 시원하게 치켜든 엄지가 유난히 빛나는 것 같았다. 건우는 뒤에서 그 모습을 지켜보며 웃었다.

오늘은 시사회가 있는 날이다. 어머니의 복장은 퓨전 한복이었다. 건우의 어머니로서 무언가를 보여줘야 한다는 고민 끝에 나온 차림이었다. 진희와 식당 직원들이 합심해서 골랐다고 한다.

어머니는 예전보다 훨씬 건강한 모습이었다.

건우는 어머니를 만날 때마다 꾸준히 좋은 기운을 주입해 주었고, 미국에서 같이 관광하면서 나쁜 기운을 흡수하고 청명한 기운만으로 채워 넣었다. 건우가 조금 무리했을 정도였다. 진희도 옷을 갈아입고 왔다. 얌전한 느낌의 드레스였다. 건우는 그녀를 바라보면서 잠시 생각에 빠졌다.

'더 이상은 숨기고 싶지 않네.'

'존 리 페인'의 개봉 이후에는 연예계 활동에 지장이 생기더라도 더 이상 숨기고 싶지 않았다. 잃는 것도 많겠지만 그것이 아무렇지도 않을 만큼 무한한 기쁨이 될 것이다. 어쩌면 건우의 욕심일 수도 있었다. 하지만 이것만큼은 이기적이고 싶었다.

'그랬지. 당당한 적이 단 한 번도 없었어.'

생각해 보면 전생에서도 그렇게 숨어 지냈다. 단 한 번도 마음 놓고 둘이서 저잣거리를 돌아다닌 적이 없었다.

"나도 한복을 입고 싶었는데 좀 아쉽네."

"그래?"

"그런데 이것도 괜찮아. 어때?"

"음, 좋네."

어머니와 같이 맞춰 입으면 아무래도 여러 가지 이야기가 나올 수 있으니 진희는 조심하고 있었다. 진희가 아쉬운 기색을 지우려 밝게 웃었다.

건우는 저런 웃음을 본 적이 많았다. 건우가 진희를 빤히 바라보고 있자 진희가 머리에 물음표를 띄웠다.

"응? 왜?"

진희의 말에 건우는 고개를 저었다. 건우의 진지한 표정에 고개를 갸웃했다. 건우가 고민하는 모습은 좀처럼 볼 수 없었기 때문이다.

"오! 어머님, 아름다우십니다!"

어느새 나온 석준이 어머니를 보며 말했다. 석준도 꽤 멋있게 차려입고 있었다. YS의 역량을 총동원해 스타일링했다고 하는데, 건우는 그렇게까지 해야 하나 싶었다. 평소의 모습과 그다지 차이가 없는 것 같았기 때문이다.

"건우야, 우리 애들도 호텔에서 슬슬 출발한대."

석준의 말에 건우는 고개를 끄덕였다. YS 식구들을 꽤나 많이 초대한 건우였다. 바빠서 안 올 줄 알았는데 대다수가 스케줄을 미뤄가면서까지 참석 의사를 밝혔다. 리온과 미나 부부도 오늘 LA에 도착해 지금 호텔에 있었다.

"캬! 오랜만에 레드 카펫을 밟겠구나!"

"그냥 시사회니까 너무 기대는 하지 마세요."

"그냥 시사회가 아니지! 월드스타 이건우의 첫 단독 주연 영화 시사회지! 들어보니까 기자며 평론가며 엄청 온다더만. 나도 엄청 기대 중이다. 설마 크리스틴 잭슨 감독님과 건우 네가 있는데 재미가 없겠냐?"

석준은 굉장히 들떠 있었다. 석준은 알아주는 영화광이었다. 잭의 인맥으로 평론가, 배우뿐만 아니라 영화감독들까지 초청했다고 한다. 석준은 마치 연예인을 보러 가는 팬의 모습이었다. 그래미 어워드 때보다도 더 즐거워 보였다. 건우가 아카데미상을 받았을 때도 자신이 그래미상을 받았을 때보다 더 기뻐한 그였다.

"제가 될 수 있으면 다 소개시켜 드릴게요. 혹시 알아요? 형님도 할리우드 배우가 될지."

"오오! 건우야! 너만 믿는다! 카메오라도 좋아!"

모두 차에 올랐다. 마이클이 차를 가지고 온다고 했지만 건우는 직접 차를 몰고 시사회를 하는 극장으로 향했다. 직접 하나하나 곁에서 챙기고 싶었기 때문이다.

'존 리 페인'의 시사회가 열리는 장소는 할리우드의 명소 중 하나인 그라우맨스 차이니즈 극장(Grauman's Chinese Theater)이었다. 2001년까지는 맨스 차이니즈 극장으로 불렸는데, 차이니즈라는 이름이 들어간 것에서 느낄 수 있듯이 중국 사원과 비슷한 모양새였다.

전 세계 어느 곳보다도 많은 시사회를 가진 곳이었다.

흔히 할리우드의 명소라 생각하면 떠올리는 것이 유명 스타들의 손과 발자국, 사인이 있는 곳일 것이다. 그 장소가 바로 그라우맨스 차이니즈 극장 앞마당에 있었다.

할리우드 배우들에게도 그라우맨스 차이니즈에 입성한다는 것은 큰 영광이었다.

건우의 흔적도 그곳에 있었다. 건우의 손과 발바닥이 새겨진 곳은 이곳을 찾는 이들이 가장 많이 찾고 가장 많이 사진을 찍어간다고 한다. 기념품 코너에서는 건우의 발자국 복사본도 구매할 수 있었다. 이 기념품을 사기 위해 해외 원정까지 오는 실정이라고 한다.

'그러고 보니……'

건우는 석준에게 자신의 집이 얼마나 유명한지 듣고 찾아보니 할리우드 투어 중에 이건우 투어라는 것도 생겼다고 한다.

건우가 묵은 호텔, '골든 시크릿' 촬영 때 건우가 살던 집, 라인 브라더스 픽처스 스튜디오 탐방, 라인 랜드 '골든 시크릿' 테마지구, 할리우드 명예의 거리, 그리고 베벌리힐스의 이건우가 사는 저택으로 이어지는 코스였다.

호텔 같은 경우에는 건우가 머문 객실이 605호였는데, 다른 곳보다 훨씬 비싼 가격이라고 한다. 그럼에도 불구하고 벌써 예약이 3개월가량 차 있었다. 그리고 건우가 살던 집은 UAA에서 아예 관광지로 만들어 버렸다. 할리우드와 가깝다보니 사람들이 많이 온다고 한다. 건우가 쓰던 가구와 식기가 그대로 보존되어 있었다.

'내가 무슨 위인도 아니고……'

그런 것들을 보니 자신이 마치 위인전에 나오는 위대한 인물이 된 것 같은 느낌이 들었다.

건우는 피식 웃었다.

그라우맨즈 차이니스 극장 앞에 도착했다. 기자들과 몰려온 팬들로 인산인해를 이루고 있었다. 그라우맨즈 차이니즈 극장 앞에는 레드 카펫이 깔려 있었고, 출입증이 없는 기자들을 위한 포토존이 형성되어 있었다. 시사회를 찾은 많은 유명인들이 포토존에서 포즈를 취하고 있었다. 건우가 차를 멈추고 고개를 돌려 어머니를 바라보며 씨익 웃었다.

"어머니."

"응?"

"유명인이 될 준비가 되셨나요?"

건우의 말에 어머니가 피식 웃었다.

"그럼. 내가 학창 시절에 좀 유명했단다."

"어머님, 그러실 것 같았어요!"

건우 대신 진희가 그렇게 말해주었다. 건우가 차에서 내리지도 않았는데 벌써부터 차에 플래시 세례가 쏟아져 내렸다. 번쩍이는 플래시를 보면서도 어머니는 전혀 긴장하지 않았다. 오히려 좋아하는 모습을 보니 모시고 오길 잘했다는 생각이 들었다. 건우는 웃으면서 그 모습을 바라보다가 차에서 내려서 차 문을 열어주었다.

"꺄아아악!"

"이건우!"

극장 주변을 가득 채운 팬들이 거대한 함성을 내질렀다. 모두 핸드폰을 치켜들고 건우를 바라보고 있었다.

"어머니, 손 흔들어줘요."

"이렇게?"

"네, 잘하시네요. 아주 타고나셨는데요?"

건우와 함께 어머니가 사람들을 향해 손을 흔들었다. 건우의 어머니가 왔다는 소식은 이미 기사를 통해 모든 팬들이 다 알고 있는 일이었다.

"꺄아악!"

"어머님!"

"며느리가 왔어요!!"

건우의 어머니는 굉장히 환영받고 있었다. 미국에 대해 좋은 인상을 심어주기 위해 건우의 팬들이 노력하고 있었다. 그래야 미국에 자주 올 것 아닌가?

어머니를 위한 플래카드를 든 팬들도 있었다. '미국에 오신 걸 환영합니다!', '어머니, 예뻐요!', '아들을 주세요!' 등등 다양했다. 모두 한국어로 쓰여 있었다.

어머니가 그쪽을 바라보면서 손을 흔들어줬다. 반응은 생각보다 훨씬 뜨거웠다. 영국 여왕이 왔다고 해도 이 정도 환호를 받을 수는 없을 것이다. 손을 흔드는 어머니의 모습은 꽤 우아했다. 퓨전 한복이라 복장도 화려해서 여왕 같은 느낌도 났다.

"생각보다 재미가 있네."

"음식점보다 연예인이 체질에 맞으시는 것 같은데요?"

건우는 어머니와 포토존에 섰다. 석준과 진희도 같이 섰는데, 포토의 벽은 건우의 얼굴이 크게 들어간 포스터로 되어 있었다. '존 리 페인'에 대한 관심이 무척이나 대단한 것 같았다. 시상식을 방불케 할 정도로 기자들이 많았고, 실시간 뉴스로 내보내고 있기까지 했다.

언론과의 인터뷰 예정은 없었기에 포토존을 지나 극장 안으로 들어갔다. 안으로 들어가 대기실 쪽으로 갔다.

록과 반 스타뎀, 데이비드가 다가왔다 하나같이 덩치들이 거대해 위협적으로 보일 수 있었지만, 건우는 웃으며 다가오는 그들이 애들처럼 느껴졌다.

"내 어머니이셔."

건우는 어머니를 그들에게 소개시켜 주었다. 록이 씨익 웃으면서 고개를 숙여 정중하게 인사했다.

"안녕하십니까? 아름다우십니다!"

"만나뵙게 되어 영광입니다."

"잘 부탁드립니다."

반 스타뎀과 데이비드의 태도도 그러했다. 건우의 어머니는 가볍게 땡큐라고 말했다. 건우는 석준도 소개시켜 주었다. 그리고 모두의 시선이 진희에게 쏠렸다.

록은 진희를 단번에 알아보았다.

"아, 그때 그……!"

예전에 모 가수가 열렬히 구애하던 것이 떠오른 것이다. 예전과 같은 구애는 그만두었지만 여전히 덕질을 하고 있었다. 한국을 자주 찾다 보니 묘하게 인기가 있어져 요즘에는 분기별로 오고 있다고 한다.

건우는 피식 웃으면서 록을 바라보았다.

"알지?"

"오오, 그렇군! 역시 대장……."

록이 반 스타뎀, 그리고 데이비드와 시선을 주고받았다. 그러자 반 스타뎀과 데이비드도 진희와 건우가 어떤 관계인지 단번에 알아차렸다. 덩치 큰 세 명이 자신을 뚫어져라 바라보자 진희가 움찔했다. 확실히 세 사람은 존재하는 것만으로도 굉장히 위압감이 넘쳤다.

"아, 그… 헤, 헬로우."

"반갑습니다. 대장님의 충실한 보조관 데이비드라고 합니다."

"네?"

데이비드가 꽤 유창한 한국말로 자신을 소개했다. 어머니뿐만 아니라 건우와 석준의 시선도 데이비드에게 모였다.

"저 멍청한 두 명은 신경 쓰지 마시고 불편한 점이 있으시면 언제든 저에게 말씀해 주세요. 24시간 무한 대기 해서라도… 음, 죄송합니다. 조금 흥분했군요."

"아… 네. 잘 부탁드려요."

데이비드는 굉장히 만족한 표정이 되었다. 건우는 한국말을 꽤 잘하는 데이비드가 신기했다. 마지막으로 만났을 때는 간단히 인사하는 정도였기 때문이다.

"하핫! 저 셋이 한국어 학당에 다니더군."

잭이 뒤에서 나타나며 설명해 주었다. 잭은 건우의 어머니에게 인사를 건넸다.

"오랜만입니다. 잘 지내셨나요? 오우! 오늘 완전 아름다우시네요! 한국에서 여왕이 온 줄 알았어요!"

"땡큐."

잭은 '골든 시크릿'의 한국 일정 때 건우의 어머니를 만난 적이 있었다. 잭은 턱시도를 입고 있었는데 꽤 잘 어울렸다.

"같이 사진! 고고!"

"오케이, 오케이."

록이 웃으면서 말하자 어머니는 록과 사진을 찍었다. 건우가 잠시 잭과 이야기를 하다가 어머니 쪽을 바라보니 배우들과 부쩍 친해져 있었다. 인사하기 위해 대기실에 온 할리우드 배우들과도 이야기를 나누더니 같이 사진을 찍었다. 건우가 놀랄 정도의 친화력이었다.

건우의 어머니는 영어를 그렇게 잘하지 못했지만 발음만큼은 대단히 우아했다.

'연극을 하셨다고 했지.'

아버지는 노래를 불렀고, 어머니는 극단 생활을 좀 하셨다고 들었다.

'오늘은 어머니가 스타네.'

건우는 부드럽게 웃었다. 잭이 그런 건우의 어깨에 손을 올렸다.

"잘 모시고 왔어."

"네, 그런 것 같아요."

"할리우드에 데뷔하셔도 되겠다."

"하하!"

시사회가 시작될 시간이 다가왔다.

어머니와 진희, 그리고 석준이 극장의 좌석으로 가서 앉았다. 건우는 무대 인사를 해야 했기에 대기실에서 배우들과 잠시 기다리다가 무대 위로 올라갔다.

극장은 사람들로 꽉 차 있었다. 건우는 환하게 웃으며 사람들을 바라보았다.

8. 존 리 페인 개봉!

최고의 기대작 '존 리 페인'이 많은 관심 속에서 드디어 개
봉했다.

　시사회부터 반응이 무척이나 뜨거웠다. 콧대 높은 평론가
들이 앞다투어 '존 리 페인'을 칭찬하기 바빴다.

　　〈재미와 작품성을 모두 다 갖춘 환상적인 액션 영화!〉

　　〈이건우, 그는 이번에도 빛났다!〉

　　〈눈과 귀를 사로잡는 최고의 영화!〉

　　〈'존 리 페인', 액션 영화의 편견을 깨뜨리다!〉

<이건우를 뛰어넘은 이건우, 그의 한계는?>

평론가들의 극찬 덕분에 개봉 전부터 열기가 뜨거웠다. 모르는 사람은 립서비스라고 생각할 수도 있겠지만 가장 냉철하게 비평하는 평론가조차 '부족한 점을 찾지 못하겠다. 오락 영화를 초월한 가치를 지녔다'고 평가했다. 그는 역사상 최고의 흥행을 이룬 '골든 시크릿' 1부조차 '이건우의 신들린 연기가 볼 만한, 좋은 오락 영화' 정도로 평가했다.

평론가들이 좋아하는 작품성이 있다. 대중들이 좋아하는 짜릿한 액션과 재미가 있다. 두 마리 토끼를 다 잡은 영화라는 평가였다.

'존 리 페인'의 시사회가 있고 난 후, '골든 시크릿'도 시사회를 가졌다. 라인 브라더스가 평론가들을 섭외했다는 소문이 돌았는데, 뚜껑을 열어보니 섭외한 평론가들조차도 고개를 절레절레 내저었다.

<자본에 패배한 할리우드!>
<돈, 그리고 상상력의 파산으로 향하는 이정표!>
<'골든 시크릿', 다시 비상할 수 있을까?>
<그저 그런 판타지 영화!>

부정적인 평가가 줄을 이었다. '골든 시크릿' 시사회에 참여한 이건우의 사진도 화제가 되었다. 극장으로 들어갈 때는 환하게 미소를 짓고 있었는데, 영화가 끝나고 나서는 싸늘하게 굳은 얼굴이 되어버렸기 때문이다.

그게 하나의 밈이 되어버려 '골든 시크릿'을 조롱하는 데 쓰이기도 했다.

'골든 시크릿' 시사회의 반응은 관객들의 반응으로 그대로 이어졌다.

북미 348개의 상영관에서 개봉했음에도 이튿날부터 북미 박스오피스 5위권 밖으로 밀려나는 굴욕을 맛보고 있었다. '존 리 페인'의 라이벌이라 불리기에는 너무나 초라한 행보였다.

그도 그럴 것이 '존 리 페인'은 청소년 관람 불가임에도 압도적 1위를 굳히고 있었기 때문이다. '골든 시크릿'에 비해 확보한 상영관 숫자가 적었음에도 그러했다. 북미뿐만 아니라 전 세계에 광풍이 불어오고 있었다.

그것은 한국도 마찬가지였다. 당연했다. 다른 누구도 아니고 이건우의 작품이었으니 말이다. 영화가 아무리 재미없어도 이건우가 주연을 맡으면 500만은 가뿐히 찍을 것이라는 관측도 나오고 있었다.

그러나 '존 리 페인'의 반응은 굉장히 좋았고, 로튼 토마토 지수 역시 최고였다. 토마토가 너무나 신선해 싹이 나고 나무가 될지도 모를 정도!

그리고 영화 평론 사이트인 메타크리틱에서는 최고의 점수라 불려도 할 말이 없는 99점을 기록했다. '골든 시크릿'뿐만 아니라 다른 영화와 비교가 무의미한 수준이었다. '존 리 페인'은 평가에서조차 '존 리 페인'이었다. 대적할 라이벌은 존재하지 않았다.

*　　　　　*　　　　　*

"와, 사람 많다!"

주희가 많은 인파를 보며 외쳤다. 주희가 있는 곳은 얼마 전 새로 지어진 대형 영화관이었다. 국내 최대의 스크린으로 실감나는 영화를 즐길 수 있는 장소였다.

"여기까지 올 필요가 있어?"

"후후, 여기에서만 행사 상품을 준단 말이야."

"그래?"

주희의 옆에서 지혜가 심드렁한 표정을 짓고 있었다. 주희는 이건우의 팬이었지만 지혜는 연예인에 대해 관심이 없었다.

지혜는 꽤나 유명한 피아니스트였다. 오로지 피아노에만 전념해도 시간이 부족하다고 생각했다.

절친한 친구인 주희가 아니었다면 이렇게 먼 곳까지 나오지 않았을 것이다.

"무려 건느님 얼굴이 있는 텀블러라고! 게다가 한정 수량이라고! 한 달 전부터 그 엄청난 경쟁률을 뚫고 예약했어! 당연히 와야지!"

"…그래."

"저기 봐봐!"

"응?"

주희가 가리킨 방향에는 외국인들도 보였다. 한둘이 아니라 단체로 왔는지 상당히 많았다.

"외국 팬들도 잔뜩 몰려오고 있어."

"진짜?"

지혜는 솔직히 이해가 되지 않았다.

왜 그렇게까지 좋아할까?

물론 그녀도 음악을 좋아하기에 이건우의 노래를 즐겨 듣는 했다. 그러나 팬은 아니었다. 아무튼 주희가 오늘은 전부 쏜다고 하니 큰 불만은 없었다.

'영화를 보는 것도 오랜만이네.'

특히 액션 영화는 굉장히 오랜만이었다. 상영 시간까지는 시간이 조금 남아 상영관 밖에서 기다려야 했다.

지혜는 주희를 바라보았다.

"팝콘은 안 사?"

"건느님 영접하는 데 불경하게 입에 그런 걸 넣을 순 없어."

"그, 그래?"

"그건 당연한 거야. 손과 입이 움직이면 건느님께 100% 집중할 수 없잖아. 눈을 깜빡이는 것도 아쉬운데……."

마치 그것도 모르냐는 듯한 주희의 말에 지혜는 황당해서 할 말을 잃었다. 주희에게 이런 취급을 받은 적은 거의 없었다. 오히려 평소에는 그 반대였다.

지혜는 주변을 둘러보았다. '존 리 페인' 상영을 기다리고 있는 여러 커플이 보였다. 팝콘을 들고 있는 이들은 극히 드물었다.

'내가 이상한 건가?'

자신만 이해하지 못한 것 같은 기분이었다.

지혜는 고개를 저었다. 자신은 분명 정상이었다.

주희가 행사 상품을 받아왔다. 마치 소중한 보물이라도 되는 듯 아주 조심스럽게 들고 있었다.

"흐윽!"

"너, 우냐?"

"너무 감동적이잖아. 흐윽!"

"…하아!"

텀블러에는 이건우의 얼굴이 팝아트 느낌으로 새겨져 있었다. 확실히 사람의 시선을 잡아끄는 매력이 존재하기는 했다. 지혜가 물끄러미 텀블러를 바라보자 주희가 흠칫하며 텀블러를 보호하듯 품에 안았다.

"안 뺏어가."

"호호, 하지만 눈은 정직하군. 네 몸이 바라고 있어."

"들어가자."

지혜는 고개를 저으며 자리에서 일어났다. 그래도 친구가 행복해하니 보기 좋기는 했다. 직장 생활에 절어 있을 때는 무척이나 우울해 보였는데, 요즘은 그런 모습이 전혀 보이지 않았다. 슬쩍 물어보니 다 건느님을 접하고 신세계를 영접해서라고 했다. 정말 대단한 건느님이 아닐 수 없었다. 지혜 자신이 그걸 이해할 날이 올지는 모르겠지만 말이다.

상영관 안으로 들어가니 주희가 눈을 반짝였다.

"스크린 엄청 크다."

"그러네."

"미국에 가지 못한 건 아쉽지만… 이걸로 보충해야지."

지혜는 주희가 할리우드 이건우 투어를 간다고 돈을 모은 것이 생각났다. 그러나 돈이 모자라 결국 가지 못했다. 아쉽지만 한국에서 이건우 투어를 재탕하는 것으로 만족해야만 했다. 물론 지혜는 따라가지 않았다. 한두 번도 아니고 분기마다 갔기 때문이다. 계절마다 다른 느낌을 받기 위해서라고 했다. 근데 그게 또 유행이었다.

지혜는 주희를 힐끔 쳐다보았다. 그녀의 얼굴에 잔뜩 새겨진 설렘과 홍분을 읽을 수 있었다.

길게 느껴지는 광고가 끝나고 드디어 상영관의 불이 꺼졌다.

짝짝짝!

누군가 박수를 치니 상영관에 있는 대부분의 사람들이 박수를 치기 시작했다. 난생처음 보는 광경이었다. 박수만 칠 뿐이고 환호나 그 밖에 다른 목소리는 내지 않았다. 마치 누군가 규칙을 정한 것처럼 유니크 스튜디오의 로고가 뜨자마자 박수 소리가 멈췄다.

'내가 이상한 걸지도……'

이쯤 되니 자신이 이상한 것 같았다. 괜히 민망해져 살짝 웃고는 스크린을 바라보았다.

드디어 영화가 시작되었다.

상영관을 가득 채우기 시작한 음악 소리가 지혜의 귀를 사로잡았다. 액션 영화를 별로 좋아하지 않아 집중하지 않고 있었는데 자연스럽게 집중되었다.

음악 소리가 날카로운 송곳이 되어서 마치 자신의 가슴을 파고드는 것 같았다. 지혜는 자신의 손이 떨리는 것을 발견했다.

쿠웅!

둔탁한 소리와 함께 음악이 멈추었다. 처음부터 충격적이었다. 눈앞에서 아내를 잃은 존의 모습, 허망하게 판결을 바라보는 모습, 그리고 모든 관계가 단절되는 모습이 펼쳐졌다. 암울한 음악과 허무한 존의 모습이 지혜의 눈시울을 절로 붉게 만들었다. 슬픈 장면은 첫 장면 외에 나오지 않았다. 그런데 굉장히 슬펐다.

주인공의 텅 빈 허무한 감정이 지혜의 마음을 자극했다.

영상 때문일까, 음악 때문일까, 아니면 눈빛마저 텅 비어버린 존 때문일까?

그런 건 아무래도 좋았다.

지혜는 인정할 수밖에 없었다. 영화에 푹 빠져 버렸다는 것을 말이다.

"흐읍… 흐읍……!"

앓는 소리가 들려 옆을 보니 주희가 주먹을 입에 물고 거의 앓는 수준으로 울고 있었다. 서럽게 울면서도 민폐를 끼치지 않게 조용하려 노력하는, 그러는 와중에도 스크린에서 시선을 떼지 않는 것이 대단히 용하게 느껴졌다.

지혜가 주희에게 시선을 돌릴 수 있는 것은 영화 초반까지였다. 그때까지는 그래도 옆을 볼 여유가 존재했다. 그러나 초반부를 지나고 전개가 점점 달아오르기 시작하자 주변을 전혀 신경 쓸 수 없었다. 영상미와 음악, 그리고 존이 그녀의 의식을 완전히 빼앗아가 버렸다.

눈을 깜빡이는 시간조차 아깝게 느껴졌다.

존의 복수가 시작되는 구간부터 등 뒤로 식은땀이 흘렀다. 스토리 자체는 단순했다. 단순한 진행 구조가 될 수 없는 복수물이었기 때문이다. 그러나 전혀 식상하게 느껴지지 않았다.

지혜는 몸을 움찔했다.

"악!"

"윽?!"

주변에서 작은 신음성이 터져 나왔다. 지혜도 마찬가지였다. 스크린 속 존이 다칠 때마다 마치 자신이 다친 것 같이 느껴졌다. 당연히 고통은 없었지만 마치 최면에라도 걸린 것처럼 존의 절박한 마음이 느껴졌다.

너무 몰입이 뛰어나서 그런 걸까? 점차 지혜는 영화 속 인물 존과 동화되어 가는 듯한 감각을 받았다.

그것은 짜릿한 쾌감이었다. 그리고 벗어날 수 없는 중독이었다. 음악이 마치 심장박동처럼 느껴졌다.

"아……."

그녀는 손을 꽉 쥐었다. 도심을 질주하는 짜릿한 액션은 막대한 긴장을 선사해 주었다. 너무나 긴장되어 자기도 모르게 숨을 헐떡거렸다. 존이 죽지 않아야 영화가 진행되는 것을 머리로는 이해하고 있었지만 몸이 받아들이지 못했다.

'으으……!'

존이 운전하는 자동차가 빌딩을 뚫고 하늘을 날았다. 사무실 책상이 부서지고 직원들이 비명을 지르며 몸을 날렸다. 존의 눈빛이 날카롭게 빛나는 순간 지혜도 침을 꿀꺽 삼켰다. 저 운전석에 자신이 앉아 있는 것 같았다.

그녀는 눈을 부릅떴다.

콰앙!

존의 차가 빌딩의 창문을 뚫고 나와 다른 빌딩에 처박혔다. 속도를 이기지 못하고 마구 굴렀다. 화면으로 보는 것이지만 멀미가 날 것만 같았다.

"하아."

긴장의 연속이었다. 이제 좀 안심이 되는가 싶으면 계속해서 위기가 찾아왔다. 끊임없이 파도가 밀어치는 것 같았다. 꽉 쥔 주먹은 펴지지 않았다. 마치 목숨을 걸고 영화를 보고 있는 것 같은 착각이 밀어닥쳤다. 착각이라고 인지는 하고 있었지만 벗어날 수 없었다.

적의 머리통을 날려 버릴 때는 절로 미소가 지어질 만큼 짜릿한 카타르시스가 느껴졌다. 존이 아플 때 같이 인상을 썼고 그가 웃을 때 같이 웃었다. 이따금씩 들리는 아내의 환각이 기분을 위에서 아래로 잡아당기고, 다시 끌어 올렸다. 롤러코스터를 타는 기분이었다.

자욱한 연기, 화약 냄새가 느껴지는 것 같았다.

존이 거울을 보면서 독백하는 장면은 마치 자신에게 말하는 것 같아 소름이 끼쳤다.

달아오른 열기는 이제 폭발 직전이었다. 지혜의 얼굴이 붉게 달아올랐다. 몸 안에서 치솟아 오르는 감정이 무엇인지 그녀도 이해하지 못했다. 다만 모든 신경과 의식을 집중해서 스크린을 바라볼 뿐이었다.

현란한 액션과 화려한 영상미, 그리고 심장 박동이 되어 혈관으로 흐르는 것 같은 음악은 잠시나마 모든 것을 잊고 존이 말하는 복수에 모든 것을 집중하게 해주었다.

공연을 준비하며 받은 극심한 스트레스, 틀어진 인간관계에서 오는 미움과 증오, 알게 모르게 쌓인 안 좋은 감정들.

과장된 생각일지도 모르지만 그 모든 것이 존의 복수와 함께 사라지는 것 같았다.

"아⋯⋯."

영화가 절정에 이르렀다.

존이 마지막 총알을 박아 넣는 순간, 지혜의 꽉 쥐고 있던 손에 힘이 풀렸다. 고조되는 분위기와 음악이 풀리면서 강한 허무함이 밀어닥쳤다. 지혜의 온몸이 절로 처졌다. 아주 긴

마라톤을 한 것처럼 지쳐 버렸다.

존이 그 자리에 앉아 담배를 입에 물었다. 그러나 불을 붙이지는 못했다. 점점 확대되는 사이렌 소리가 들려왔기 때문이다. 존은 검은 정장 재킷을 벗었다. 흰 셔츠는 피로 물들어 붉게 얼룩져 있었다.

꽉 조여 맨 넥타이를 풀고 자리에서 일어났다.

존이 깊은 숨을 내쉬는 순간 화면이 검게 변했다.

엔딩 크레딧이 올라갔다.

지혜는 멍한 표정으로 엔딩 크레딧을 바라보았다. 주희도 마찬가지였고, 관객들도 그러했다. 상영관에 불이 켜지고 조금 시간이 지났지만 일어나는 사람은 없었다. 엔딩 크레딧이 올라가며 흐르는 노래는 굉장히 듣기 좋았다.

어느 영화에서도 느낄 수 없던 강력한 여운은 그녀의 정신을 아직도 영화 속에 붙잡고 있었다.

"아!"

지혜의 정신이 돌아온 것은 엔딩 크레딧 옆에 떠오르는 NG 컷과 메이킹 필름 덕분이었다. 로크 존슨이 대사를 하다가 혀가 꼬이자 이건우가 웃으면서 그걸 따라 했다. 굉장히 유쾌해 보이는 장면이었다.

지혜는 새삼 이건우의 모습에 감탄했다. 영화를 볼 때는 그의 화려한 비주얼이 그렇게 부각되지는 않았다. 영화 속에 너무 자연스럽게 녹아들었기 때문이다. 덕분에 아무런 위화감도 느끼지 못하고 정신을 놓은 채 몰입해 볼 수 있었다. 그러나 메이킹 필름에서 환하게 웃고 있는 모습을 보니 사람들이 어째서 이건우, 이건우 하는지 알 수 있었다.

나가는 사람이 거의 없었다. 관객들은 NG 장면을 보고 웃거나 박수를 쳤다. 지혜도 마찬가지였다. 메이킹 필름과 NG 장면의 분위기는 굉장히 밝았다. '존 리 페인'의 어두운 색깔과는 아주 상반된 분위기였다.

엔딩 크레딧은 꽤 길었다. 메이킹 필름과 NG 장면이 사라지고 나서도 한동안 계속해서 올라갔다. 지혜는 일어날 생각을 하지 못했다. 엔딩 크레딧과 함께 들려오는 노랫소리가 너무 좋았기 때문이다.

성격이 급한 주희 역시 엔딩 크레딧을 보며 기다렸다.

여운을 주는 노랫소리와 맞추어 엔딩 크레딧이 끝났다.

그런데 그것이 끝이 아니었다.

화면이 돌아가더니 크리스틴 잭슨 감독의 모습이 비추었다.

[기다려 주셔서 감사합니다. 음, 지금부터 저희가 여러분의 3분을 빼앗아보겠습니다.]

크리스틴 잭슨 감독이 그렇게 말하고 카메라를 돌리자 영화 촬영 현장이 비추었다. 많은 배우들과 스태프들이 모여 있었는데, 그 중간에 낡은 피아노가 있었다.

'피아노?'

영화 분장 덕분에 피 칠갑을 하고 있는 이건우가 낡은 피아노 앞에 앉았다.

[파티 타임!]

로크 존슨이 외치자 이건우가 피아노를 치기 시작했다. 영화 속에서 나온 배경음악을 편곡한 곡이었는데, 영화에서 들은 것과는 다르게 쾌활한 느낌이 났다. 배우와 스태프들이 피아노 소리에 맞춰 춤을 추기 시작했다. 그냥 막춤이었는데, 굉장히 유쾌하게 느껴졌다.

총기를 든 특수 요원, 마피아, 그리고 악역으로 나온 마피아 보스, 보스의 아들, 부대통령, 상임위원들도 막춤을 추었다.

그 모습에 절로 미소가 지어졌다.

크리스틴 잭슨 감독의 말대로 순식간에 3분이 지났다.

영화가 완전히 끝나자 지혜와 주희는 자리에서 일어나 상영관 밖으로 나왔다.

"와!"

"대박!"

"미쳤다."

주변에서 그렇게 말하는 소리가 들려왔다. 흥분 섞인 목소리였는데, 지혜도 충분히 이해할 수 있었다. 엔딩 크레딧을 끝까지 보지 않았더라면 아직도 여운에 빠져서 의식이 멍했을 것이다. 아직도 그 영화 속 장면과 음악이 머릿속에 맴돌고 있었다. 마지막의 그 흥겨운 영상이 그 여운을 깔끔하게 정리해 주었다.

지혜는 고개를 돌려 '존 리 페인'의 포스터를 바라보았다. 검은 정장을 입고 있는 건우의 모습에서 쉽사리 시선을 뗄 수 없었다.

지혜보다 주희의 회복이 더 빨랐다. 건우의 팬이었기 때문이다. 처음 건우를 접했을 때의 그 충격, 그리고 연이은 작품을 접하며 익숙해져 어느 정도 면역력이 있었다. 그럼에도 불구하고 '존 리 페인'은 면역력을 뛰어넘는 감동과 여운을 선사해 주었다.

꾸준히 이건우를 접하지 않은 이들은 아마 굉장히 큰 충격을 받았을 것이다. 바로 지혜처럼 말이다.

주희는 지혜를 보며 고개를 끄덕였다.

'음, 이해해.'

자신의 예전 모습을 보는 것 같았다. 주희는 만족스러운 미소를 그렸다. 다른 말은 전혀 필요 없었다. 이번 영화는 그야말로 대박이었다. 아니, 대박이라는 말로는 부족했다.

한 단어로 표현하자면 전율이었다.

전율을 일으키는 영화.

주희는 스크린에 처음 이건우의 모습이 나타날 때 이미 게

임은 끝났다고 생각했다.

"잠시 화장실 좀 다녀올게."

"……."

주희가 그렇게 말하고 화장실을 다녀왔다.

지혜가 의자에 앉아 무언가를 열심히 검색하고 있었다.

바로 이건우에 대해 검색하고 있는 것이었다. 연예인에 대해서는 전혀 관심 없던 지혜의 변화에 주희는 씨익 웃었다.

"어때? 보길 잘했지?"

주희의 말에 지혜가 여전히 넋이 나간 표정으로 고개를 끄덕였다. 주희는 그 모습을 보고 아주 바람직하다고 생각했다.

주희는 '존 리 페인'의 커다란 포스터를 바라보면서 공손히 두 손을 모았다.

'건느님, 제가 신도를 한 명 더 늘렸습니다. 저를 어여삐 여기신다면 딱 한 번만 뵙게 해주세요.'

저절로 경건한 마음이 되었다. 아주 진지하게 기도까지 했다.

"주희야."

"응?"

"먼저 가. 다음 타임 한 번 더 보고 가야겠어."

지혜가 말했다. 주희는 그런 지혜를 보며 깜짝 놀랐다. 결국 주희도 지혜와 함께 그 자리에서 티켓을 예약했다. 주희는 늦바람이 더 무섭다는 말이 불현듯 떠올랐다.

확실히 그러하다고 느낀 것은 얼마 뒤였다.

다시 그녀를 만났을 때 지혜는 이건우 전문가가 되어 있었기 때문이다.

*　　　　　*　　　　　*

실패가 없는 남자.

건우에게 붙는 수식어 중 하나였다. '존 리 페인'은 청소년 관람 불가 판정을 받은 영화라고는 믿기지 않을 정도의 흥행을 보여주고 있었다. 흥행할 것이라는 예측이 당연하게 나왔지만 지금과 같은 열풍은 상식 밖이라고 불릴 정도로 대단한 기세였다.

전문가들은 그 이유를 분석했는데, 바로 재관람 때문이었다. 북미의 표본 조사에 따르면 20대와 30대에서는 75%가 넘는 재관람률을 보여주고 있었다. 물론 단순히 2회성에 그치는 게 아니라 5회, 8회, 10회가 넘어가기까지 했다. 역대 최고 흥행을 달린 '골든 시크릿'에서조차 볼 수 없던 모습이다.

'존 리 페인'을 재관람하는 것이 하나의 유행으로 자리 잡아가고 있었다.

이사벨라

보면 볼수록 재미있네. 중독되어 버렸어.

이제 겨우 10회 차임!

[사진 첨부: 10회 티켓 인증]

1회 차랑 2회 차랑 느낌이 다르듯이 9회 차랑 10회 차는 또 느낌이 다르네!

새롭게 깨달은 것도 있는 것 같아!

이제는 느긋하게 건느님 모습을 즐길 수 있게 되었어! 아직도 두근거린다! 20회 차까지 가자!

#20회가즈아#존리페인#역사에길이남을명작#건느님#기억해존챌린지

수잔 킴

20회 챌린지 도전!

휴가 내고 도전합니다.

아무도 날 막을 수 없으셈.

#기억해존챌린지#이건우#존리페인

20회를 보는 것에 도전하는 챌린지라는 것이 생길 정도였다. 명칭도 정해져 있었는데 '기억해존 챌린지'였다. '기억해 줘'와 '존 리 페인'의 존을 합친 문장이었다.

대단히 뜨거운 열기였다.

기존 건우의 팬들 뿐만 아니라 영화를 보고 반해 버린 사람들도 상당히 많았다. 청소년 관람 불가 영화이기 때문에 청소년들이 보게 해달라고 시위를 하는 해프닝이 벌어지기까지 했다.

기억해존 챌린지를 더욱 뜨겁게 달아오르게 한 이벤트가 있었다. 유니크 스튜디오에서 20회 인증을 하면 치킨 쿠폰과 함께 골든 티켓을 보내주기로 했다. 골든 티켓은 크리스틴 잭슨, 그리고 이건우의 사인이 들어간 황금빛 티켓이었다. 치킨 쿠폰은 크리스틴 잭슨과 관련이 있었다.

최근에 내한 당시 크리스틴 잭슨이 한국 CF를 찍었는데, 그게 바로 치킨 CF였다.

크리스틴 잭슨이 CF에서 한 대사가 한국에서 유행하고 있었다.

[마시써요! 싸랑해요! 나도 좋아! 한쿡 대표 치킨!]

어색한 미소로 엄지를 들어 올리며 그런 대사를 하는 모습은 건우나 배우들을 꽤나 웃게 했다. 현장에서 연기 지도를 하곤 했는데, 정작 본인이 CF에서 연기할 때는 더럽게 못 했기 때문이다.

폭발적인 흥행 속에서 유니크 스튜디오는 그야말로 돈을 쓸어 담았다. 그리고 건우 역시 마찬가지였다. 출연료와 함께 지분을 받았기에 흥행을 하면 할수록 건우가 받는 돈은 더욱 커져갔다. 건우는 올해 가장 많은 출연료를 받은 할리우드 배우에 이름을 올릴 것으로 예측되고 있었다. 건우의 몸값 역시 기존보다 몇 배로 더 뛰어 세계에서 몸값이 가장 비싼 배우가 되었다.

출연하는 작품마다, 손대는 작품마다 대박이 나니 영화 제의가 비 오듯 쏟아지고 있었다. 건우는 막대한 출연료를 감당할 가치가 있는 배우로 여겨졌다.

그러니 작품 제안이 쏟아지는 건 당연했다. 건우가 동의만 한다면 '존 리 페인'보다 더 좋은 조건으로 엄청난 투자를 받은 영화에 당장 출연할 수 있었다. 뷔페에 온 것처럼 원하는 작품과 조건을 골라 담기만 하면 되었다.

건우는 수많은 제의를 거들떠보지도 않고 한국으로 돌아왔다. 당분간 작품 활동은 하지 않을 생각이었다.

'한국이 역시 좋군.'

한국에 있는 집이나 별장은 미국 저택보다는 확실히 좁았지만 아늑한 맛이 있었다. 미국 저택은 UAA에 관리를 맡기고 왔는데 대여 형식으로 빌려주었다.

건우는 아주 오랜만에 별장에서 아무것도 하지 않은 채 늘어져 있었다. 창문으로 비치는 햇빛을 맞으며 그냥 바닥에 누워 있었다.

그럼에도 불구하고 행복함으로 차오르는 것은 그가 혼자가 아니었기 때문이다.

그녀가 곁에 있었다.

미국에 있을 때는 아무리 좋은 집에 있어도, 좋은 것을 먹어도, 멋진 차를 타고 다녀도 그렇게까지 흥이 나지는 않았다. 촬영장에서, 스튜디오에서 일을 할 때만 외로운 감정을 잊을 수 있었다.

'휴가를 반납하고 일한 것도……'

그때 당시에는 몰랐지만 어쩌면 외로움을 잊기 위해서 그런 것일지도 몰랐다.

그러나 지금은 달랐다.

눈을 떠도 좋았고 눈을 감아도 좋았다.

그 향기가, 온기가 그의 마음을 그 어느 때보다도 충만하게 만들었다.

"와, 천만 관객 돌파했어! 청소년 관람 불가인데 대단하네!"

"그래?"

"응, 이러다가 기록 세우는 거 아니야?"

"음……"

핸드폰을 바라보던 진희의 말에 건우는 별로 관심이 없다는 듯 무심하게 대답했다. 좋은 일이고 기쁘기는 하지만 건우는 육체와 정신이 모두 휴가 모드였기에 신경 쓰고 싶지 않았다.

'건우가 흐물흐물해졌어.'

진희는 건우를 물끄러미 바라보았다. 건우는 거의 바닥과 한 몸이 되어 있었다. 밖은 건우의 이야기가 태풍처럼 몰아치고 있는데, 정작 건우는 완벽한 백수의 모범을 보여주고 있었다. 소파 근처에서 꼼짝도 하지 않고 하루 종일 뒹굴었다. 그러고 보면 자기 전에 가볍게 씻는 것 외에는 씻으러 가는 것도 보지 못했다.

진희는 슬금슬금 건우에게 다가가 냄새를 맡아보았다. 절로 웃음이 나오는 향기만 날 뿐이었다. 머릿결도 방금 감은 것처럼 비단같이 부드러웠고 피부도 백옥처럼 투명했다. 모르는 사람이 보았다면 스타일링을 다 하고 잠시 누워 있는 것처럼 보일 지경이었다.

건우가 갑자기 이상한 행동을 보이는 진희에게 시선을 돌렸다.

"왜 그래?"

"왜 이렇게 좋은 냄새가 나? 향수도 안 쓰는데……."

진희가 건우에게 바짝 붙어 아예 대놓고 냄새를 맡았다. 아예 옷까지 벗길 기세였다.

"음, 뭐… 마법 같은 거야."

건우는 딱히 할 말이 없어 그렇게 둘러댔다. 마법이라 볼 수도 있었다. 화경에 이르고 노폐물이 쌓이지 않는 몸이 되었다. 그리고 외부에서 오는 오염 물질도 내력으로 모조리 태워 버렸기에 평생 씻지 않아도 뽀송뽀송했다. 오히려 상쾌한 체향이 감돌아 씻지 않는 게 더 나을 지경이었다.

그야말로 백수 생활을 하기에 최적화된 몸이었다.

"정말?"

"비슷할 거야, 아마."

건우는 진희에게 숨기는 것이 거의 없었다. 그러나 전생에 대해서만큼은 깊이 묻지 않는 이상 말해주지 않을 생각이었다. 그냥 진우전생록과 같이 추억으로 남겨놓는 편이 그녀에게 좋았다.

진희는 끊임없이 건우의 정체를 밝혀내려 노력했지만 연인이 된 지금에 와서는 건우의 정체가 무엇이든 상관없다는 태도였다.

"마법 보여줘."

"응?"

진희가 누워 있는 건우를 잡아당겼다. 건우는 잠시 생각하다가 진희를 감싸 안고 식탁 위에 있는 물병을 가리켰다. 문득 예전에 본 영화의 한 장면이 떠올랐다. 손을 들자 물병이 흔들리더니 자동으로 뚜껑이 열렸다.

추르륵!

물병 안에 들어 있던 물이 건우의 손을 향해 날아왔다. 허공섭물을 응용한 것이다. 무림에서도 이 정도의 컨트롤을 보여주는 인물은 그리 많지 않았다. 건우의 손 위에 주먹만 한 물이 모였다. 손 위에서 잔잔하게 회오리치는 모습은 굉장히 아름다웠다.

"아……!"

진희는 마법이라 불릴 만한 기적을 이렇게 제대로 보는 것이 처음이었다. 영국 사건 때는 정신이 없었고 일부러 잊으려고 노력하고 있었기 때문이다.

보고도 믿을 수 없는 광경이었다.

진희는 물을 손으로 건드려 보았다. 확실히 속임수 따위가 아니었다. 진희의 멍한 표정에 건우는 피식 웃었다. 건우는 주먹을 쥐었다. 물이 끓어오르더니 그대로 증발되어 사라졌다.

"어때? 좀 마법사 같아?"

"대단해! 마, 마, 마법사였어!"

진희가 흥분하며 벌떡 일어났다.

눈이 반짝반짝 빛났다. 이런 말도 안 되는 광경을 직접 봤으니 당연히 그럴 수밖에 없었다.

진희가 머뭇거리면서 건우를 바라보았다.

"나도 배울 수 있을까?"

"음……."

원래 진희의 것이던 것들은 익히지 않았지만 알고 있었다.

건우가 지금 전생의 기억이 있는 것도 그녀 덕분이라고 생각했다.

알려준다고 해서 굉장한 고수가 되거나 그럴 수는 없었다. 나이가 들어 무공을 깊이 익힐 수는 없었기 때문이다. 물론 건강해지기에는 충분했다.

건우는 심각한 표정을 지으면서 진희를 바라보았다. 진희 역시 덩달아 표정이 심각해졌다.

"테스트를 해봐야 해. 과연 자격이 있는지 없는지······."

"으, 응."

"마법사는 정의로운 사람만이 될 수 있거든. 그래서 멸종해 버렸지."

"그, 그렇구나."

물론 거짓말이었다.

건우는 진희가 판타지 영화나 그런 쪽 소설을 좋아하는 걸 잘 알고 있었다.

"자세를 바르게 하고 기다리고 있어."

"알았어."

침을 꿀꺽 삼키는 그녀의 모습에 웃고 싶었지만 간신히 참 아냈다. 건우는 잠시 밖으로 나가 깨끗해 보이는 돌멩이 몇 개를 골랐다. 내력을 일으켜 동그랗게 깎으니 꽤 그럴듯해 보이는 돌멩이가 되었다.

진희가 얌전히 건우를 기다렸다.

'이런 건 연출이 중요하지.'

잭에게서 배운 것이다.

건우는 종이를 가지고 왔다. 진희의 앞에 놓고 손가락으로 원을 그렸다. 그러자 종이가 그을리면서 큰 원이 그려졌다. 건우가 그 위에 돌멩이를 올렸다.

"손 줘봐."

"으, 응!"

진희가 잔뜩 긴장했다. 건우는 웃음을 참으면서 진희의 손을 잡아 돌 위에 올렸다.

"자질이 있는지 판단해 주는 돌과 마법진이야."

"오, 오오……."

진희의 눈에는 확실히 심상치 않아 보이는 돌이었다. 건우는 진희의 뒤로 가서 진희를 끌어안고 손을 겹쳤다.

"눈을 감고 집중해 봐."

"응."

진희는 아주 진지하게 건우의 말을 따랐다.

"뭐가 보여?"

"으, 음, 수, 숲이 보이는 것 같아."

"오, 소질이 있는데?"

무언가 보일 리가 없었다. 그냥 기분이 만들어낸 착각이었

다. 진희가 건우의 말에 움찔했다. 큰 기대를 갖고 있는 것 같
았다.

"그리고?"

"바람이 느껴지는 것 같기도 하고……."

"손에 힘을 집중해 봐."

"으으!"

진희의 손이 부들부들 떨렸다. 힘을 아주 꽉 준 탓이었다.

"눈 떠봐."

"응? 와아!"

진희가 눈을 뜨자 허공에 떠 있는 돌멩이를 볼 수 있었다.
돌이 천천히 회전하면서 돌고 있었다. 물론 건우가 한 것으로
전형적인 할리우드식 연출이었다. 진희가 자신이 마법사가 된
것처럼 손을 휘저었다. 그러자 돌들도 따라 움직였다.

파앗!

돌이 가루가 되어 떨어졌다.

"어? 이, 이거 왜 그래?"

"자질이 아주 뛰어나서 그런가 본데?"

"오… 히힛!"

진희가 좋아하다가 문득 무언가 떠올라 건우를 바라보았
다.

"저기… 마법의 돌… 구하기 힘든 거야?"

"응. 아마 개당 100억은 할걸?"

"꺄악!"

진희가 비명을 질렀다. 돌은 세 개였다. 300억이 순식간에 사라졌다는 말이다. 건우의 웃고 있는 모습을 본 진희는 장난인 것을 알고 겨우 안심했다.

건우는 다시 진지한 표정으로 진희를 바라보았다.

"가르쳐 주는 데 조건이 있어."

"조, 조건?"

진희는 건우와 마주 보며 바르게 앉았다. 진희의 상식상 이럴 때는 마법사의 규율이나 지켜야 할 규칙 같은 것들이 나오게 마련이었다.

'나쁜 놈들이랑 싸우는 게 아닐까?'

사실 건우가 은연중에 지구를 지키고 있지 않을까 하는 망상이 펼쳐졌다. 진희는 건우가 말하는 조건을 꼭 지키겠다는 의지가 가득해졌다.

건우의 입꼬리가 올라갔다.

"데이트하러 가자."

"어?"

진희가 눈을 깜빡였다.

"그게 조건?"

"응."

진희는 맥이 빠져 버렸다. 그러다가 잘 생각해 보니 남의 시선을 의식했기에 밖에 나가 데이트를 한 적이 없었다. 건우가 무슨 마음으로 그런 말을 했는지 알 것 같았다.

진희가 웃으면서 고개를 끄덕였다.

밖에서 하는 데이트는 처음이었다. 전생과 현생을 통틀어서도 처음이었다. 전생에서는 데이트라는 것을 생각할 수도 없었다. 마교의 살수들, 정파의 정보 부대, 황실의 병력이 도처에 깔려 있어 숨어 지내야만 했기 때문이다.

도시는 물론 작은 마을마다 감시의 눈이 자리 잡고 있었다. 그때와는 달리 지금은 위험할 게 없었지만 파파라치들이 살수처럼 쫓아다녀 자유롭지 못했다.

그때나 지금이나 데이트 한번 하기 굉장히 어렵다는 말이다.

'영원한 생명······.'

그때는 그 의미를 몰랐다.

마교, 정파, 사파 가릴 것 없이 원한 것, 심지어 황제마저도 나섰다. 인간의 욕심이 끝이 없다는 것을 그때 진정으로 깨달을 수 있었다. 위선이라는 단어를 똑똑히 머릿속에 새길 수 있었다. 배신으로 인한 아픔을 온몸으로 깨달을 수 있었다.

그저 평범한 행복을 원하던 자신이 그들이 원하는 것을 지니게 된 것이 정말 아이러니했다.

이것도 그녀 덕분일까?

"응? 왜?"

"아니야."

건우는 진희를 바라보다가 고개를 저었다.

진희와 함께 차를 몰고 밖으로 나왔다. 영국 여왕에게 받은 차는 너무나 눈에 띄어서 진희의 차를 끌고 나왔다. 데이트를 한다는 것 자체가 눈에 띌 수밖에 없기는 했지만 건우의 차는 그 정도가 너무나 심했다. 대한민국에서, 아니, 세계에서 단 한 대밖에 없는 차량이기 때문이다.

건우가 운전하려 했지만 오늘은 자신이 모시겠다며 진희가 운전했다. 그녀도 건우와의 첫 데이트를 무척이나 기대하고 있었다. 미국에서조차도 둘이서 밖에 나간 적이 없었다. 생각해 보면 굉장히 쓸쓸한 일이었다.

물론 첫 데이트인 지금도 정상적인 데이트는 아니었다.

지금은 새벽 시간대였다. 하지만 둘에게 그런 건 흠이 될 수 없었다.

"드라이브하니까 좋네."

진희는 상당히 기분이 업되어 있었다. 건우도 마찬가지였다. 기자에게 찍힐지도 모른다는 약간의 스릴도 있었다.

건우는 딱히 막을 생각은 없었지만 그렇다고 해도 당분간 쉽게 들킬 생각도 없었다. 방해라고 느껴질 정도의 노골적인 파파라치는 달갑지 않았다.

둘은 마스크와 선글라스로 무장하고 차에서 내렸다.

딱히 무언가 계획을 하고 온 것은 아니었다. 새벽이라 할 수 있는 건 많지 않았다. 할 수 있다고 해도 아마 피했을 것이다. 그래도 그냥 이렇게 같이 나온 것만으로도 기분이 좋았다.

건우와 진희는 그냥 걸었다. 유명한 도로도, 장소도 아니었다. 서울 어디에나 있을 법한 그런 한적한 도로였다.

그러나 모든 풍경이 새롭게 다가왔다. 공기마저 상쾌했다. 좋을 리 없는 도심의 공기가 상쾌하게 느껴지는 것은 착각이 분명했다.

무작정 걷다 보니 편의점이 보였다.

"건우야, 맥주라도 마실까?"

"음? 차 끌고 왔잖아."

진희의 말에 건우가 답했다. 진희는 씨익 웃었다. 그 미소는 더할 나위 없이 아름다웠지만 왜인지 능글맞은 아저씨처럼 느껴졌다.

"걱정 말고 나만 믿어. 나 믿지?"

그 말에 건우는 피식 웃었다. 어차피 건우의 집은 여기서 멀지 않았다.

건우가 먼저 편의점으로 들어갔다.

새벽이라 손님이 없었다. 아르바이트생도 꾸벅꾸벅 졸다가 건우가 들어오자 자리에서 일어났다.

"어서 오세… 요."

편의점 직원이 건우의 모습을 보고 살짝 놀랐다. 선글라스와 마스크로 얼굴을 가리고 있었지만 범상치 않음이 느껴진 것이다. 건우가 먼저 들어오고 진희가 나중에 들어왔다. 나름 속이기 위해서 시간 차이를 둔 것이다. 누가 봐도 수상했지만 그래도 효과는 있었다.

'편의점은 굉장히 오랜만인데.'

상당히 큰 편의점이었다. 기억을 찾기 전에는 편의점에서 삼각김밥이나 라면으로 한 끼를 때우곤 했다. 그게 그렇게 맛있을 수가 없었다.

바로 얼마 전처럼 느껴졌지만 지나간 날들을 돌이켜 보면 꽤 오래전 일이었다. 그만큼 많은 일이 있었고 많은 시간이 지나 있었다.

'새로운 맛이 많이 나왔네. 크기도 달라진 것 같고……'

건우가 삼각김밥을 보면서 잠시 상념에 빠져 있을 때 진희가 구석에서 마구 손짓했다. 먹고 싶은 걸 열렬하게 가리키고 있었다. 건우가 알았다고 고개를 끄덕이자 후다닥 밖으로 나갔다. 나름 들키지 않게 열심히 노력하고 있었다. 그 모습이 상당히 귀여워 보였다.

건우는 피식 웃고는 맥주와 함께 그녀가 가리킨 것들을 골랐다. 그 외에 그녀가 좋아할 만한 것들도 골랐다.

그녀의 입맛은 눈 감고도 알 수 있었다. 그녀를 그렇게 만든 것이 건우였기 때문이다. 이제 소문난 맛집에 가도 만족하지 못하는 몸이 되어버린 진희였다.

"저, 저기… 주민등록증 좀 보여주시겠어요?"

편의점 아르바이트생이 조심스럽게 말했다.

건우는 조금 당황했다. 서른에 가까운 나이에 민증 검사를 요구받았기 때문이다. 자취 생활을 할 때도 민증 검사를 받은 적이 없었다.

꽤나 수상해 보이는 선글라스와 마스크 때문이라고 생각했다. 새벽 시간에 선글라스를 쓰고 있으니 자신이 생각해도 확실히 괴상하기는 했다.

'조금 미안한데.'

건우는 아르바이트생에게 미안해졌다.

바로 민증을 꺼내 아르바이트생에게 건넸다. 민증을 본 아르바이트생이 깜짝 놀라면서 민증을 떨어뜨렸다.

그럴 수밖에 없었다. 다름 아닌 이건우였기 때문이다. 최근에 민증 사진도 바꾸었는데 그 사진도 예사롭지 않았다.

"이, 이건우……."

"안녕하세요?"

"네, 네! 죄송합니다!"

"아니에요."

아르바이트생이 손을 덜덜 떨면서 겨우 민증을 주워 건우에게 돌려주었다. 아르바이트생은 조금 심하게 느껴질 정도로 긴장하고 있었다.

"계, 계산 도와드릴게요."

아르바이트생은 겨우 물건을 계산했다.

떨리는 손을 보고 있으니 굉장히 안쓰럽게 느껴졌다. 간신히 계산을 하고 여전히 떨리는 손으로 물건을 봉투에 담았다.

건우가 봉투를 들고 나가려고 하자 아르바이트생이 머뭇거리다가 입을 떼었다.

"저, 저기… 죄송한데 사, 사진 하, 한 장만 같이……."

"네. 같이 찍죠."

그 정도의 팬서비스는 어렵지 않았다. 건우는 선글라스를 벗고 마스크를 내렸다. 아르바이트생과 사진을 찍고 사인을 해주었다. 건우는 잠시 가볍게 아르바이트생과 이야기를 나눴다.

낮에 공부하고 밤에 일하기가 정말 힘들다는 말에 건우는 그저 위로의 말을 해줄 수밖에 없었다.

"이거 드세요."

아르바이트생이 비타민 음료를 건우에게 내밀었다. 건우는 웃으면서 받았다.

편의점에서 나와 진희와 근처 벤치에 나란히 앉아 맥주를 마셨다.

세계에서 가장 유명한 스타와 한국의 대표 미녀 배우가 이 곳에 무방비로 앉아 있다고는 그 누구도 생각하지 못할 것이 다.

데이트다운 데이트는 아니었지만 충분히 즐거웠다. 오래 지나지 않아 정상적인 데이트를 할 날도 올 것이다.

진희의 표정은 밝았다.

"옛날에 새벽에 나와서 혼자 훌짝했었는데……."

"그래?"

"응, 둘이 있으니까 훨씬 좋은 것 같아."

진희가 고개를 끄덕이며 대답했다. 건우는 이런 시간을 늘 리고 싶었다. 쭉 쉴 예정이니 그럴 시간은 넘쳤다. 당분간 작 품 활동을 할 생각이 없었다. 어쩌면 조금은 지친 건지도 몰 랐다. 생각해 보면 정말 정신없이 여기까지 달려왔다.

"좋네."

"응."

건우와 진희는 이야기를 나누면서 편의점 근처에 있는 공원 을 걷고 멀리서 한강을 바라보며 그렇게 시간을 보냈다. 가로 등 불빛이 유난히 운치 있게 느껴졌다.

비록 별은 볼 수 없었지만 어느 때보다도 밤하늘이 아름다워 보였다.

"건우야, 해 뜨는 거 보고 가자."

"그래."

"내일은 집에서 뭐 할까? 아, 맞다! 마법 공부 해야지."

"하하……."

진희는 의욕이 넘쳤다. 건우를 완전히 마법사로 믿고 있었다. 생각해 보면 마냥 거짓말은 아니었다. 무공이라는 게 현대에서는 마법과 같았기 때문이다. 물론 진희가 생각하는 그런 마법과는 차이가 있었다.

"막… 그… 텔레포트 같은 것도 할 수 있어?"

"그건 힘들지."

"그럼 투명 마법 같은 건?"

"비슷하게 흉내는 낼 수 있는데……."

아무래도 힘들었다.

무공이라는 건 건우에게 아픔으로 남아 있었지만 마법은 꽤 낭만적으로 들렸다. 진희에게는 어설프지만 마법만을 알려주고 싶었다.

진희가 환상을 품을 수 있게 해주고 싶었다.

'음?'

건우의 고개가 옆으로 돌아갔다. 주변에서 꽤 많은 기척이 느껴졌기 때문이다. 기감을 확대해 보니 건우가 맥주를 산 편의점 근처에 꽤나 많은 사람들이 몰려 있었다.

건우는 몰랐지만 편의점 아르바이트생이 건우와 찍은 사진을 대형 커뮤니티와 SNS에 올려 그걸 보고 기자와 팬들이 몰려온 것이었다.

제목: 알바하고 있는데 건느님 옴.

깜놀했다ㅋㅋ.

얼굴 다 가리고 있었는데, 그래도 막 아우라 같은 게 느껴짐ㅋㅋㅋ.

기력지가 미쳤어.

연예인이라고 생각할 수밖에 없었다.

맥주 사러 오시길래 슬쩍 민증 좀 보여달라 했음.

와, 설마 했는데 보고 기절할 뻔했다ㅋㅋ.

인증함.

[사진 첨부]

같이 사진 찍고 보니 나 개못생김.

ㅅㅂ 토 나와서 내 얼굴 가리고 올린다.

근데 건느님 엄청 착하심.

사인도 해주고 힘내라고 말도 해주고.

울 뻔함.

살아갈 희망이 생겼다.

댓글 2,312

욜루레이: 미쳤다ㅋㅋ.

아낙숟가락: 거기 어디임?

버럭와인: 제발 어딘지 알려주세요.

케인: 건느님 뭐 사 가심?

케찹스틱: 맥주랑 안주 사 가심. 요즘 새로 나온 BY비어ㅋㅋㅋ.

어흥: 먹어봐야겠다ㅋㅋ.

건우는 몰려온 기자들에게 사진이 찍히는 건 상관없었지만 낭만적인 분위기가 깨진 것이 아쉬웠다.

웅성거리는 소리가 여기까지 들려왔다. 명백히 자신을 찾아다니는 소리였다.

진희도 사람들이 북적이는 것을 알아차렸다.

건우가 진희를 바라보며 입을 떼었다.

"음, 가자."

"집에 가게? 아쉬운데……."

건우도 아쉽기는 했다.

이렇게 첫 데이트가 끝난다면 좋은 추억으로 남을 수 없을 것이다.

건우는 진희를 바라보다가 좋은 생각이 났다. 전생과 현생을 통틀어 첫 데이트인 오늘을 아주 특별하게 만들 수 있는 방법이 떠올랐다.

건우의 입가에 장난스러운 미소가 걸렸다.

"놀이 기구 같은 거 좋아해?"

"엄청 좋아해. 그건 왜? 놀이동산 가게? 괜찮겠어? 사람 엄청 많을 텐데……."

놀이 기구라는 말에 진희의 눈이 반짝였다. 고소공포증 같은 건 없는 모양이다.

건우가 알겠다는 듯 고개를 끄덕였다.

건우는 팔로 진희의 허리를 감싸 안았다. 갑작스러운 건우의 행동에 진희는 눈을 깜빡이며 건우를 올려다보았다.

무언가 기대하는 눈빛으로 건우를 지그시 바라보았는데 건우는 그녀를 바라보다가 입을 뗴었다.

"입은 다무는 게 좋을 것 같아."

"어, 엉?"

"혀 깨물지 않게 조심해."

건우는 그렇게 말하고는 잠들어 있는 내력을 일으켰다. 방대한 내력에 벤치가 흔들리고 먼지가 날아올랐다. 진희가 멍하니 그걸 바라보는 순간이었다.

그림자로 흡수되듯이 건우와 진희의 몸이 흐려졌다. 특급살수들이나 쓸 법한 은신술을 펼친 것이다. 은신술에 조예가 없었지만 화경의 경지가 그것을 가능케 해주었다.

미국에서 밤에 파파라치를 피해 밖으로 나갈 때 가끔 쓰기는 했다. 완전히 모습을 감출 수는 없었기에 낮에는 효율이 나지 않았다. 투명인간이 되는 것은 진짜 마법에서나 가능할 것이다. 그러나 존재감을 지우고 어둠 속에 몸을 숨기기에는 충분했다.

탓!

건우와 진희의 몸이 허공으로 솟구쳤다. 진희는 너무 놀라 비명도 지르지 못하고 숨을 들이마셨다.

지상과의 거리가 순식간에 멀어졌다.

"하아."

간신히 숨을 내쉬었을 때는 공중이었다. 주변의 가로등보다 훨씬 높이 치솟아 올라 있었다. 순식간에 5층 건물 높이만큼이나 치솟은 것이다. 진희는 멍하니 주변을 바라보았다. 위에서 본 야경은 굉장히 아름다웠다.

건우와 진희는 마치 깃털처럼 공중에서 천천히 밑으로 하강하기 시작했다. 중력이 많이 줄어든 것처럼 속도가 느렸다.

"와아……!"

도저히 현실이라고 믿을 수 없을 정도로 환상적인 경험이었다. 꿈을 꾸고 있는 것 같았다. 너무나 짜릿해서 소리를 지를 뻔했다.

진희는 고개를 돌려 건우를 올려다보았다. 마스크와 선글라스를 벗고 있었는데, 달빛에 비친 건우의 모습이 그림 같았다. 진희의 눈에 비친 건우의 모습이 아름다운 야경과 환상적으로 어울렸다.

"대, 대단해! 나, 날 수도 있는 거야?"

"그 정도는 아니야. 꽉 잡아."

"으, 응!"

건우가 허공을 박차자 다시 공중으로 치솟았다. 엄청난 높이로 치솟자 건우와 진희의 몸이 앞으로 쏠렸다.

파아아앗!

건우가 막대한 내력을 방출하자 쏘아지는 화살처럼 엄청난 속도로 앞으로 나아갔다. 롤러코스터 따위로는 느낄 수 없는 속도였다.

"꺄아아앗!"

진희의 입에서 자연스럽게 비명이 나왔다. 겁을 먹은 것이 아니라 스릴을 만끽하며 나오는 비명이었다. 건우는 건물 옥상을 밟으며 계속해서 앞으로 나아갔다. 밟을 때마다 치솟는 높이가 급격히 늘어났다.

"더 빨리 가볼까?"

"웅!"

파앗!

건우와 진희는 옆으로 회전하면서 솟구쳤다. 속도가 점차 가속되며 풍경이 아주 빠르게 스쳐 지나갔다. 모든 건물이 내려다보일 정도로 높은 곳까지 솟구쳤다. 이렇게 전력을 내보는 것은 상당히 오랜만이었다.

건우도 상당히 기분이 상쾌해졌다.

'옛날 생각이 나네.'

그때도 이렇게 경공을 쓰면서 이동했다. 그 시절과 차이가 있다면 지금은 무척이나 즐겁다는 점이다. 그때는 수많은 추적자들을 피하기 위한 수단이었을 뿐이다. 그런 경험이 쌓이다 보니 경공은 그 누구도 따라갈 수 없을 정도가 되었다. 이런 광경을 볼 수 있으니 그때의 힘든 기억도 의미가 있다고 생각했다.

귓가를 스치고 지나가는 바람결이 생생하게 느껴졌다. 진희는 건우를 꼭 잡으면서도 발밑에 펼쳐진 풍경에서 눈을 떼지 못했다.

허공을 밝으며 천천히 내려왔다. 바로 앞에 한강이 보였다. 물에 빠질 것 같아 진희가 건우를 잡아당겼다.

"아, 앞에 한강……."

건우와 진희가 한강으로 낙하했다. 진희가 눈을 꼭 감았다.

그러나 물의 차가운 촉감이 느껴지지 않았다. 진희가 눈을 뜨자 놀라운 광경이 펼쳐졌다. 그들은 한강의 한가운데에 서 있었다.

진희는 그저 이 모든 것이 신기할 뿐이었다.

"좀 걷자."

"으, 응."

건우와 손을 잡고 물 위를 걸었다. 진희는 금세 적응해서 물컹거리는 물의 감촉을 즐기기까지 했다. 그러다가 크게 점프를 했는데 발목이 물에 들어가 버렸다.

"으......"

신발과 양말이 젖어버린 진희가 울상이 되었다.

물 위에서 바라보는 도시의 풍경은 색달랐다. 이래서 유람선을 타는가 싶었다. 달빛을 받으며 그렇게 말없이 걸었다.

누가 이런 기적을 보여줄 수 있을까?

이 세상에서 그 누구도 할 수 없는 일이었다.

"돌아가자."

"응."

슬슬 집으로 돌아갈 시간이었다. 건우는 진희를 안은 채 수면을 박차고 앞을 향해 나아갔다. 빠른 속도로 수면 위를 스쳐 가다가 다시 치솟아 올랐다. 그러고는 인기척이 없는 길로 도심을 가로질러 집에 도착했다.

"오늘을 잊지 못할 것 같아."

진희의 말에 건우는 고개를 끄덕이며 웃었다.

건우도 오늘만큼은 결코 잊지 못할 것 같았다.

*   *   *

건우의 '존 리 페인'은 외화, 그리고 청소년 관람 불가 영화로는 처음으로 한국에서 1,300만을 돌파했다. 정확한 숫자로는 13,560,231명으로 한국 역대 흥행 3위에 랭크되는 대기록이었다.

청소년 관람 불가만 아니었다면 1위를 찍었을지도 모른다는 관측이 나오고 있었다. 그러나 1,300만이 넘는 것도 엄청난 것이었다. 기록적인 재관람률이 아니었다면 불가능했을 것이다.

전 세계 기록도 초대박이었다.

16억 달러.

'존 리 페인'은 한화로 대략 1조 7,000억 원을 벌어들였다. '골든 시크릿' 1부에는 크게 못 미치는 성적이었지만 상대적으로 적은 제작비로 제작되었기에 순이익은 훨씬 많았다. 크리스틴 잭슨의 유니크 스튜디오가 화려하게 데뷔하여 할리우드에 이름을 각인시킨 순간이었다.

여담으로 '골든 시크릿' 3부는 철저하게 망해 손익분기점도 못 넘었다고 한다. 올해 최악의 영화 후보에 선정되는 불명예를 맛보았다.

이미 건우의 계약 조건은 언론을 통해 알려져 있었기에 건우에게 배당되는 수익이 어마무시할 거라는 건 누구라도 쉽게 예상할 수 있었다.

UAA는 행복의 비명을 질렀고 YS도 마찬가지였다. 특히 YS 같은 경우에는 건우 혼자 YS를 움직이고 있다고 해도 과언이 아니었다.

물론 건우를 제외하더라도 YS 소속 가수나 배우들만으로 한국에서는 부동의 1위를 자랑하고 있지만 건우의 수입이 너무나 막대했다.

돈을 쓸어 담았지만 건우의 생활은 크게 변하지 않았다. 딱히 건우가 사업을 하는 것도 아니고 원하는 것이 이미 다 갖추어져 있었기 때문이다.

그 이상의 욕심은 없었다. 건우가 최근에 돈을 쓴 일은 홍대의 극장을 더 확장해 더 많은 이들에게 기회를 주려고 노력하는 것 정도였다. GW는 이제 홍대에서 성지 취급을 받고 있었다.

최근에 데뷔한 가수나 배우 중에 GW에서 공연하다가 스카우트를 받은 이들이 꽤 있었다. YS뿐만 아니라 다른 기획사까지도 GW를 찾아왔다.

승엽은 계약을 안 해본 가수나 배우 지망생들을 위해 계약에 관한 상담까지 해주었다. 그러다 보니 요즘에는 방송에도 출연해서 강연을 다닌다고 한다.

'제자리를 찾았군.'

건우는 승엽의 TV 출연을 본 적이 있었다. 홍대의 멘토라고 불리고 있는 모습이 대단히 자랑스러웠다. 물론 자신과 친구라는 것도 큰 도움이 되기는 했지만, GW가 홍대에서 성지로 불리고 있는 것은 오롯이 승엽의 인품과 능력이었다. 무슨 일을 하더라도 대성할 친구였다.

건우와 진희는 첫 데이트 이후 좀 더 과감하게 데이트를 즐겼다. 이제는 들켜도 상관없었지만 예의상 꼼꼼하게 변장을 해주었다. 너무 대놓고 들킨다면 그것도 모양새가 잘 나지 않았다. 그리고 파파라치를 따돌리면서 다니는 것도 꽤 스릴 있었다.

"으, 으윽!"

"다시."

"응!"

건우의 지도 아래 마당에서 진희가 땀을 뻘뻘 흘리면서 수련하고 있었다. 그녀가 생각한 마법의 수련 방법과는 완전히 달랐지만 굉장히 의욕적으로 수련에 임하고 있었다. 가장 우선된 것은 체력을 기르는 일이었다.

처음에는 엄청 힘들어했다. 운동과는 인연이 없었기 때문이다. 하지만 '골든 시크릿' 때의 배우들이 그렇듯 금세 중독되어 버렸다.

건우의 기운이 주는 짜릿함은 한번 중독되면 결코 벗어날 수 없었다. 이제는 스케줄이 없는 날이면 하루의 대부분을 수련으로 보낼 정도였다.

수련의 성과는 이미 나타나고 있었다. 군살이 전부 빠졌고, 피부는 잡티 하나 없이 깨끗해졌다. 눈이 나빠서 가끔 안경을 썼는데 이제는 그럴 필요가 없었다.

'역시 본인의 것이라 발전 속도가 빠르네.'

가르치는 맛이 있었다. 같이 무언가를 하며 시간을 보낸다는 것 자체가 즐거웠다. 덕분에 건우도 계획에 없는 것을 가르치고 있었다.

바로 권법이었다.

콰앙!

마당에 세워놓은 바위가 부서졌다. 진희가 주먹을 불끈 쥐고 있었다. 요즘 격파에 맛 들려서 다양한 것들을 박살 내고 있었다. 여배우가 이래도 되나 싶을 정도로 위력이 나날이 늘어갔다.

"이것이 마법······. 이건 파이어 피스트라고 이름 붙였어."

"···그래."

"다음은 파이어 커터를······."

진희가 손날을 세웠다. 초식마다 굉장히 요상한 이름을 붙였지만 즐거워 보이니 뭐라 하지는 않았다. 본래 상상하던 마법과는 차이가 있었지만 진희는 만족하고 있었다.

그녀가 즐거워한다면 그걸로 충분했다.

본래 진희가 지니고 있던 무공은 마교의 것이었다. 마교의 여인들이 하나같이 아름다웠던 이유는 마교의 무공에 있었다.

그 위력은 아름답다기보다는 잔혹하다고 해야 했지만 말이다.

전생에서는 살아남기 위해 건우가 그녀의 무공을 봐준 적이 있었다. 덕분에 그녀의 무공 수준도 일류에 닿아 있었다.

현재 진우전생록에서 진우 다음으로 가장 인기 있는 캐릭터는 그녀였다. 그녀의 아름다움과 기품을 온전히 담아냈기 때문이다.

진우전생록에서 그녀의 이름은 연이었다. 만화를 보는 독자들의 반응에서 진희를 닮았다는 말이 솔솔 새어 나오고 있었다.

진우전생록에 등장한 지 얼마 되지 않았지만, 전생에서 그녀와의 첫 만남은 지금 생각해 보아도 인상적이었다.

처음 그녀를 보았을 때는 화창한 봄날이었다. 독에 중독된 석준 때문에 해독제를 구하기 위해 독에 능통한 명문세가로 향하는 길이었다.

도시의 풍경은 현대에 비할 수는 없었지만 그때 당시에는 무척이나 화려했다. 도를 닦는 무인들도 도시가 내재한 희로애락에 휘둘려 강물에 떠다니는 버드나무 잎처럼 그렇게 흘러 다녔다.

건우가 그녀를 처음 본 순간은······.

"으아악!"

"미, 미친!"

그녀가 정파인 하나를 고자로 만들 때였다. 무언가가 터지는 소리는 주변의 모든 이들을 섬뜩하게 만들었다. 하필이면 그놈이 하나밖에 없는 명문세가의 후계자였다. 명문세가에서는 해독제를 대가로 그녀를 잡아올 것을 부탁했는데, 그때부터 건우의 인생이 꽤나 스펙터클해졌다.

건우는 고개를 설레설레 젓고 진희를 바라보았다. 이렇게 무공을 가르치고 보니 가끔 그때의 모습이 나오는 것 같았다.

아무튼 건우가 가르친 권법은 극마벽력권법(極魔霹靂拳法)이라고, 본래 그녀가 익히고 있던 권법인데 건우가 구결을 듣고 상당 부분 보충해서 가르쳐 주었다. 무림에 처음 등장했을 때

임팩트가 워낙 커서 파쌍구권(破双球拳)이라는 이명으로 불렸다.

과격한 무공의 이름치고는 동세가 상당히 아름다웠다. 처음 제대로 견식했을 때 그녀와 참 어울린다고 생각했다.

'잘하네.'

지금의 진희는 오히려 전생보다 더 재능이 있었다.

영양 상태가 전생과 비교할 수 없었기 때문에 키와 근골이 아주 잘 발달되어 있었다.

그런 환경 속에서 어렸을 때부터 무공 전수를 받았다면 굉장한 여고수가 탄생했을지도 몰랐다.

지금도 가능성은 있었지만 무리를 하게 만들고 싶지는 않았다.

"기본 동작은 익숙해졌으니 실전으로 가볼까?"

"실전? 마, 마법 배틀?"

"음, 비슷해."

진희가 눈을 반짝였다. 대련이라고 보는 것이 옳았지만 굳이 정정하지는 않았다.

"그냥 하면 재미가 없으니까… 음, 날 한 대라도 때릴 수 있으면 원하는 소원을 뭐든 들어줄게."

"정말? 정말 뭐든지 들어주는 거지?"

"그래, 내가 들어줄 수 있는 거라면."

"후후……."

진희가 기묘한 웃음을 지었다. 무엇을 요구할지 벌써부터 고민 중인 것 같았다.

진희가 아무리 노력해도 절대 불가능한 일이었다. 아마 옷깃조차 잡을 수 없을 것이다.

건우는 행복한 고민에 빠진 진희의 모습을 보며 피식 웃었다. 그리고 마당에 떨어진 가는 나뭇가지를 들었다.

'나한테 페널티가 필요하겠지.'

건우는 발로 주위에 작은 원을 그렸다.

어깨너비만 한 원이었다. 진희가 눈을 깜빡이며 바라보자 건우는 나뭇가지를 살짝 앞으로 내밀고 다른 손으로 뒷짐을 지었다.

"이 원 밖으로 나가지 않을게."

"와, 엄청 얄보네."

건우의 스승님도 한동안 이렇게 가르쳤다. 건우의 경우에는 소원이 고기를 배불리 먹는 것이었다. 스승님이 만든 맛없는 벽곡단만 먹고 생활을 했기 때문이다.

진희가 흐트러진 머리카락을 머리 끈을 사용해 정리했다. 소매를 걷어 올리고 꽤나 그럴듯하게 자세를 잡았다.

'액션 연기는 이제 문제없겠는걸.'

그 어떤 여배우보다도 잘 소화할 것이다. 진희의 눈빛이 진지해졌지만 건우는 여전히 여유로웠다. 일부러 하품까지 하면서 진희를 도발했다.

진희가 달려들었다.

공기를 가르며 뻗어오는 주먹이 보였다. 어설픈 점이 보였지만 일반인은 가볍게 골로 보낼 수 있는 수준이었다. 그러나 급격히 힘이 빠졌다. 건우를 상처 입히는 것이 두려운 것인지 망설임이 가득 담겨 있었다.

건우는 가볍게 몸을 틀어 피하면서 나뭇가지를 휘둘렀다.

"꺄악!"

나뭇가지로 진희의 옆구리를 툭 치는 순간 진희가 그대로 옆으로 굴렀다.

기운으로 몸을 보호해 주고 있기도 하고 잔디밭이라 다칠 염려는 없었다.

진희가 멍한 표정으로 건우를 바라보았다. 가는 나뭇가지는 여전히 멀쩡했다. 살짝 붙어 있는 이파리마저 떨어지지 않았다.

"뭐 해?"

건우가 웃으며 고개를 설레설레 젓자 진희가 다시 일어나 달려들었다. 엉덩이를 살짝 치니 앞으로 크게 밀려났다. 엉덩이가 따가운지 진희가 자리에서 일어나며 엉덩이를 움켜잡았다.

계속해서 진희가 바닥을 뒹굴었다. 바닥을 구를수록 진희의 공격이 날카로워졌다. 그래봤자 건우에게 닿을 수 없었다.

"살이 좀 찐 거 아니야?"

"으, 으으!"

건우는 일부러 살살 약을 올렸다. 그동안 계속 붙어 지내기는 했지만 서로 조심하는 것이 있었다. 그러나 이렇게 수련을 시키면서 그 벽이 완전히 사라졌다. 건우도 그렇고 진희도 이제는 전혀 내숭을 떨지 않았다.

진희는 얄미워서라도 건우를 꼭 때려주고 싶었다.

진희의 눈에 서서히 독기가 서렸다.

"이제 그만할까?"

"아니, 한 번만 더!"

"좋은 자세야."

진희의 말에 건우는 상쾌한 미소를 지었다.

너무나 아름다운 그 미소에 진희는 서서히 열이 받기 시작했다.

생긴 건 더럽게 잘생겨서 화가 났다가도 금세 그 마음이 풀렸다.

어느새 독기는 사라지고 반짝이는 눈만이 남아 있을 뿐이다.

"꺄악!"

그래도 가차 없이 튕겨져 나가는 것은 똑같았다. 진희가 상상하던 그런 마법 배틀 따위가 아니었다.

진희가 구슬땀을 흘렸지만 건우는 작은 원 안에서 한 발자국도 움직이지 않고 여전히 여유롭게 나뭇가지를 들고 있었다.

진희가 결국 바닥에 쓰러지듯 주저앉았다가 뒤로 넘어갔다.

"으! 모, 못 움직이겠어."

건우는 나뭇가지를 내려놓고 진희의 옆에 앉았다. 진희가 꾸물꾸물 기어와 건우의 몸에 기대었다.

"아직 기회는 있는 거지?"

"하는 것 봐서."

"그럼 있겠네."

진희는 계속 도전할 생각인 것 같았다. 의욕이 넘쳤다.

'뭘 원하는 걸까?'

진희는 무언가 결심한 듯한 눈빛이었다. 그 눈빛을 보니 건우도 장난으로는 생각할 수 없었다.

일부러 당해줄까 하는 생각이 들었지만 건우는 고개를 저었다.

'재미있겠네.'

약 올리는 편이 훨씬 재미있었기 때문이다. 숨기고 있던 사악한 무언가가 고개를 드는 것 같았다.

그때 진희가 갑자기 일어나 건우를 마주 보며 끌어안았다.

"어때?"

"이건 무효야."

건우는 장난을 칠 수 있는 이런 여유가 너무나 마음에 들었다.

『톱스타 이건우』 12권에 계속…